Um dia
essa dor
será útil

PETER CAMERON

Um dia essa dor será útil

Tradução de
THAIS MAZUCANTI

Rocco

Título original
SOMEDAY THIS PAIN WILL BE USEFUL TO YOU

Fragmento deste livro originalmente publicado em *nerve.com*

O autor expressa sua gratidão a Anoukh Foerg, Frances Foster, Michael Martin, Irene Skolnick, John Simon Guggenheim Memorial Foundation, MacDowell Colony e Corporation of Yaddo

Copyright © 2007 *by* Peter Cameron

Todos os direitos reservados.

Direitos para a língua portuguesa reservados
com exclusividade para o Brasil à
EDITORA ROCCO LTDA.
Av. Presidente Wilson, 231 – 8º andar
20030-021 – Rio de Janeiro, RJ
Tel.: (21) 3525-2000 – Fax: (21) 3525-2001
rocco@rocco.com.br
www.rocco.com.br

Printed in Brazil / Impresso no Brasil

DIAGRAMAÇÃO
Fatima Agra

PREPARAÇÃO DE ORIGINAIS
Maria Beatriz Branquinho da Costa

CIP-Brasil. Catalogação na fonte.
Sindicato Nacional dos Editores de Livros, RJ.

C189d

Cameron, Peter, 1959-
    Um dia essa dor será útil / Peter Cameron; tradução de Thais Mazucanti. – Rio de Janeiro: Rocco, 2010.

    Tradução de: Someday this pain will be useful to you
    ISBN 978-85-325-2590-1

    1. Ficção americana. I. Mazucanti, Thais. II. Título.

10-2885   CDD – 813
                    CDU – 821.111(73)-3

Para Justin Richardson
e em memória de
Marie Nash Shaw
1900 – 1993

Suporta e sê firme. Algum dia essa dor lhe será útil.
— Ovídio

Quando se quer tanto ser amado, cresce uma fúria que abala o sentido das árvores, da água e da terra. E nada mais sobra, exceto o amargo e profundo querer. E isso é o que todos sentem do nascimento à morte.
— Denton Welch
Journal, 8 de maio de 1944, 23:15

1
Quinta-feira, 24 de julho de 2003

O DIA EM QUE MINHA IRMÃ, GILLIAN, DECIDIU PRONUNCIAR SEU NOME com um G forte foi, por coincidência, o mesmo dia em que minha mãe voltou, mais cedo e sozinha, de sua lua de mel. Nenhuma dessas duas coisas me surpreendeu. Gillian, que estava indo do terceiro para o quarto ano da Faculdade de Barnard, namorava um professor de "teoria da linguagem" chamado Rainer Maria Schultz e se tornara, consequentemente, uma fanática por linguística, discursando com frequência sobre algo chamado linguagem "pura", do que Gillian com G forte era supostamente um exemplo. Minha mãe, por outro lado, decidira, precipitadamente, casar-se com um homem esquisito chamado Barry Rogers. Gillian – Gillian – e eu suspeitamos que esse casamento (o terceiro de minha mãe) não duraria muito, mas achamos que sobreviveria à lua de mel. Se bem que, quando ouvimos que eles estavam planejando ir a Las Vegas, nosso ceticismo cresceu. Minha mãe, que passou a vida inteira evitando lugares como Las Vegas e desprezando quem quer que visitasse ou cogitasse visitar locais como esse, anunciara, como se tivesse sofrido uma lavagem cerebral, que passar a lua de mel em Las Vegas seria divertido e bem diferente das luas de mel anteriores (Itália com meu pai e as ilhas Galápagos com seu segundo marido). Quando minha mãe dizia que algo era ou seria "divertido", você podia considerar como um aviso de que não era nem seria nada divertido. Quando a lembrei disso – usei o exemplo de quando ela me dissera que o acampamento de regata que me forçara a ir no verão em que tinha doze anos seria "divertido" –, ela admitiu que o acampamento de regata não tinha sido divertido para mim, porém não havia motivo para que uma lua de mel em Las Vegas não fosse divertida para ela. Tal é a habilidade que os adultos – bem, pelo menos, minha mãe – possuem de se enganar.

Gillian e eu estávamos almoçando, ou fazendo uma refeição de meio de dia parecida com um almoço, quando minha mãe voltou da lua de mel fora da hora. Eram cerca de duas horas da tarde. Gillian sentou-se à mesa da cozinha para fazer as palavras cruzadas do *New York Times*, o que não éramos autorizados a fazer quando minha mãe estava em casa porque, como sempre nos falava, era o único prazer confiável de sua vida. Eu estava comendo um sanduíche de ovo frito. Eu devia estar trabalhando na galeria de arte da qual minha mãe era dona, administrada, na verdade, por um rapaz chamado John Webster. Já que minha mãe estava certamente fora da cidade, preocupada com quaisquer atividades que ocupariam a mente de uma mulher de cinquenta e três anos em Las Vegas durante sua terceira lua de mel, e já que, como era julho, ninguém pisaria na galeria por vários dias, John sensatamente decidira que podia fechar o estabelecimento e ficar com os amigos em Amagansett, e que eu podia fazer o que quisesse o resto da semana. Eu não devia contar à minha mãe, é claro, sobre essa folga, pois ela acreditava que alguém pudesse vir da rua a qualquer momento e entrar para comprar uma lata de lixo feita de decupagem de páginas rasgadas de várias edições da Bíblia, da Torá e do Corão (por 16 mil dólares). Minha mãe abriu a galeria há dois anos, depois de se divorciar do segundo marido, porque queria "fazer" alguma coisa, o que qualquer um pensaria que significava trabalho, mas não: "fazer" alguma coisa significava comprar muitas roupas novas (roupas caríssimas que haviam sido "desconstruídas", o que significava, até onde sei, que algumas costuras tinham sido rasgadas ou que zíperes tinham sido colocados onde Deus não tinha planejado) porque diretores de galeria deviam parecer diretores de galeria, e almoçar em restaurantes caríssimos com curadores, consultores de empresas de arte e, ocasionalmente, um artista de verdade. Minha mãe tivera uma carreira bem-sucedida como editora de livros de arte até se casar com o segundo marido e, uma vez que se para de trabalhar legitimamente, é impossível recomeçar. "Ah, eu nunca voltaria para esse trabalho. É tão chato. A última coisa que o mundo precisa é de mais um livro de mesa de centro", eu já a ouvi falar mais de uma vez. Quando perguntei a ela se achava que o mundo precisava de uma lata de lixo de alumínio feita de decupagem de páginas rasgadas da Bíblia do rei Tiago, ela disse que não, que o mundo não precisava daquilo e que, por isso mesmo, era considerada arte. E eu disse que, se o mundo não precisava de livros de mesa de cafeteria, então eles deviam ser arte também – qual era a diferença? Minha mãe disse que a diferença é que o mundo *pensava* que precisava de livros de mesa de centro, que o mundo *valorizava* livros de mesa de centro, mas o mundo não achava que precisava de latas de lixo feitas de decupagem.

Eu e Gillian estávamos, então, sentados à cozinha, ela focada nas palavras cruzadas, e eu saboreando meu sanduíche de ovo frito, quando ouvimos a porta da frente destrancar – ou trancar, na verdade, já que a deixamos destrancada desleixadamente, então, ela foi trancada e depois destrancada –, o que levou algum tempo, durante o qual eu e minha irmã nos entreolhamos e não dissemos nada, pois sabíamos instintivamente quem estava abrindo a porta. Meu pai tem as chaves do nosso apartamento, e fazia sentido – bem, mais sentido – que fosse ele que estivesse chegando, tendo em vista que minha mãe devia estar em lua de mel em Las Vegas. Mas, por alguma razão, Gillian e eu soubemos, na mesma hora, que era nossa mãe. Nós a ouvimos arrastar a mala de rodinhas pelo solado da porta (minha mãe não viaja com pouca coisa, ainda mais em lua de mel) e, em seguida, ouvimos a mala tombar. Depois, ouvimos minha mãe jogar os livros, as revistas e os outros papéis que se acumularam na poltrona durante a ausência dela no chão e, então, a ouvimos desmoronar na poltrona e dizer, muito baixo e exasperadamente:

– Merda.

Ficamos sentados um momento em silêncio estupefato. Era quase como que pensássemos que se ficássemos em silêncio e indetectáveis, ela se recomporia – sairia da poltrona, tiraria os papéis do chão e levantaria a mala, arrastando-a para fora da porta, voaria de volta para Las Vegas e terminaria sua lua de mel.

Mas é claro que isso não aconteceu. Após alguns instantes, a ouvimos levantar e caminhar em direção à cozinha.

– Meu Senhor – disse minha mãe ao entrar na cozinha e nos ver –, o que vocês dois estão fazendo aqui?

– O que você está fazendo aqui? – perguntou Gillian.

Minha mãe foi até a pia e olhou de cara feia para os pratos e copos sujos, desaprovando-os. Abriu o armário onde ficavam os copos, mas ele estava vazio, pois Gillian e eu preferíamos a técnica de lavar e reutilizar os copos à de lavar, guardar e reutilizar.

– Meu Deus – disse minha mãe –, eu só quero um copo d'água. Um simples copo d'água! É só o que quero. E isso, como

sempre acontece com tudo que eu quero, parece estar sendo negado a mim.
 Gillian se levantou e encontrou um copo que nitidamente estava limpo na pia, o lavou e o encheu de água da torneira.
— Tome — disse ela, e o entregou a nossa mãe.
— Que Deus a abençoe — disse minha mãe.
Minha mãe não é uma pessoa religiosa, e o uso dessa linguagem me deixou preocupado. Ou me deixou mais preocupado, já que sua chegada inesperada já havia causado esse efeito.
— Valeu — disse Gillian, que se sentou novamente.
Minha mãe ficou em pé diante da pia, tomando goles estranhos, como se fosse um passarinho. Eu me lembrei de quando aprendi que os pássaros não conseguem engolir e, por isso, inclinam a cabeça para trás para ingerir a água e que, se durante uma tempestade, os bicos ficarem abertos e as cabeças inclinadas para trás, eles se afogarão, embora o motivo pelo qual seus bicos ficariam abertos e suas cabeças inclinadas para trás durante uma tempestade seja um mistério para mim. Minha mãe finalmente terminou de beber a água desse jeito estranho e começou a fazer uma coisa que, para mim, mais pareceu um espetáculo de lavar copos e colocá-los no lava-louça, o que certamente não era algo fácil de se fazer, já que o lava-louça estava repleto de louça (suja).
— O que aconteceu? — perguntou Gillian.
— O que aconteceu?
— Isso — Gillian falou. — Por que você está em casa? Onde está o senhor Rogers?
Tanto eu quanto minha irmã gostávamos de chamar o novo marido de nossa mãe pelo sobrenome, apesar de termos sido aconselhados várias vezes a chamá-lo de Barry.
— Eu não sei e não me importo em saber onde aquele homem está — disse minha mãe. — Eu espero nunca mais encontrar com Barry.

– Bem, é melhor mesmo ter descoberto isso agora – disse Gillian. – Embora eu ache que seria melhor ter descoberto isso antes de ter se casado com ele. Ou antes de ter concordado em se casar com ele. Ou antes de tê-lo conhecido.

– Gillian! – disse minha mãe. – Por favor.

– É Gillian – falou Gillian.

– O quê? – perguntou minha mãe.

– Meu nome é Gillian – disse Gillian. – Meu nome já foi pronunciado errado durante muito tempo. Eu decidi que, de agora em diante, só atenderei por Gillian. Rainer Maria diz que dar nome a uma criança e depois pronunciá-lo mal é uma maneira sutil e pérfida de abuso infantil.

– Bem, isso não faz muito meu estilo. Se eu fosse abusar de você, eu não seria nem um pouco sutil ou pérfida. – Minha mãe olhou para mim. – E você? – disse ela. – Por que não está na galeria?

– John não precisou de mim hoje – respondi.

– Não é essa a questão – falou minha mãe. – John nunca precisa de você. Você não vai lá porque é necessário. Você vai lá porque eu pago você para isso. Assim, você tem um emprego de verão, aprende o valor de um dólar e o que é ter responsabilidade.

– Irei amanhã – disse eu.

Minha mãe sentou-se à mesa. Ela pegou a palavra cruzada, já feita pela metade, das mãos de Gillian.

– Por favor, tire esse prato da mesa – disse ela para mim. – Não há nada mais nojento do que um prato no qual um sanduíche de ovo frito foi comido.

Minha mãe é muito peculiar quando se trata do que as pessoas comem perto dela. Não consegue ver ninguém comendo banana, a não ser que a pessoa descasque-a inteira e quebre-a em lindos pedaços do tamanho de uma mordida.

Eu me levantei, lavei o prato e o coloquei no lava-louça. Enchi o lava-louça de detergente e iniciei o ciclo. Este ato era tão claramente para agradá-la que qualquer um perceberia, mesmo assim, pareceu ter surtido pouco efeito sobre minha mãe: ela suspirou e recostou a cabeça sobre os braços, que estavam cruzados diante dela na mesa.

– O que aconteceu? – perguntou Gillian.

Minha mãe não respondeu. Percebi que ela estava chorando. Gillian ficou de pé e foi para trás dela, abaixou-se e a abraçou enquanto ela chorava.

Caminhei pelo corredor até a sala de estar e liguei para John em Amagansett. Uma mulher atendeu o telefone.

– Alô? – disse ela.

– Alô. John Webster está?

– Quem está falando? – perguntou a mulher, de um jeito hostil e desafiador, decerto para desencorajar atendentes de telemarketing.

– Quem fala é Bryce Canyon – respondi. Sempre me recuso a dar meu nome verdadeiro quando alguém pergunta "Quem está falando?". Eles deviam dizer "Eu poderia saber quem está falando?" ou "Posso dizer a ele quem está falando?".

– Ele não se encontra, senhor Canyon. Quer que eu passe algum recado?

– Sim – falei. – É bom que passe. Por favor, diga ao senhor Webster que Marjorie Dunfour retornou inesperadamente de sua lua de mel e que, se ele tem apreço pelo seu emprego, deve voltar à cidade sem delongas.

– Sem o quê? – perguntou a mulher.

– Delongas – eu disse. – Sem demora. Imediatamente.

– Talvez seja melhor você mesmo falar com ele.

– Achei que ele não se encontrava.

– Ele não se encontrava – disse a mulher –, mas acabou de chegar.

Depois de alguns instantes, John disse:

– Alô?

– John, sou eu – disse eu.

– James – falou ele. – O que manda?

– Minha mãe está aqui – respondi. – Ela acabou de chegar. Achei que você gostaria de saber.

– Que merda – disse ele. – O que houve?

– Não tenho certeza – falei –, mas parece que o senhor Rogers virou história.

– Ah, coitadinha – disse John. – Tão cedo. Bem, acho que é melhor assim, descobrir agora do que depois.

– Foi o que falamos para ela.

– Tudo bem – John falou. – Pegarei o micro-ônibus de volta hoje à noite. Você não acha que ela vai ligar para a galeria esta tarde, acha? Ou, que Deus a impeça, que ela possa ir até lá?

– Duvido muito. Ela está preocupada com sua própria desgraça.

– Você é tão cruel, James. É anormal. Isso é preocupante.

– Eu acho que você devia se preocupar consigo mesmo. Se ela descobrir que você fechou a galeria, ela é quem será cruel.

– Já estou voltando – disse John. – Estou fazendo as malas enquanto nos falamos.

* * *

Eu pensei que, diante das circunstâncias, o melhor a fazer seria sair de casa. Então, levei nosso cachorro, um poodle preto gigante chamado Miró, para o passeio dos cães em Washington Square. Miró, que acha que é humano, não aprecia muito o passeio dos cães, mas se sentará pacientemente ao meu lado no banco, observando o comportamento tolo dos outros caninos com satisfeita complacência.

Do lado de fora do nosso prédio, há uma árvore repleta de marias-sem-vergonha e heras inglesas com duas placas presas à pequena grade de metal que rodeia a base. Em uma delas, lê-se EM MEMÓRIA DE HOWARD MORRIS SHULEVITZ, PRESIDENTE DO PRÉDIO, 1980-1993. ELE AMAVA ESTE PRÉDIO. A primeira vez em que vi essa placa, cerca de seis anos atrás, quando meus pais se divorciaram (minha mãe vendeu o apartamento em que morávamos na Rua 79 Oeste e nos mudamos para o centro da cidade; meu pai se mudou para um horrível edifício Trump no Upper East Side. Ele tem um desses apartamentos abomináveis com janelas espelhadas enormes que você não pode abrir, torneiras falsas de ouro e homens estranhos fantasiados nos elevadores, caso você não saiba como apertar um botão), eu a interpretei erradamente, pois pensei que as datas indicadas fossem referentes ao nascimento e à morte de Howard Morris Shulevitz, e que ele havia sido um menino que tivera uma morte trágica e precoce e a quem, como consequência, havia sido dado o título honorário de Presidente do Prédio. Eu tinha sentimentos amáveis pelo menino, que morrera aproximadamente com a idade que eu tinha na época, e sentia que, de alguma forma, eu devia ser seu sucessor, portanto, prometi amar o prédio com a mesma paixão de Howard. Eu também fantasiava morrer jovem – pensava em me jogar da janela da nossa sala de estar, de maneira que aterrissaria na calçada bem em frente à grade da árvore. Eu teria minha própria placa, ao lado da de Howard: JAMES DUNFOUR SVECK, SEGUNDO PRESIDENTE DO PRÉDIO, 1985-1997. ELE TAMBÉM AMAVA ESTE PRÉDIO. Cometi o erro de mencionar a minha mãe essa pequena fantasia, e ela me informou que Howard Morris Shulevitz devia ter sido um velho, um tirano de mente pequena que não tinha nada melhor para fazer do que perturbar os vizinhos com o código de infrações do prédio. A outra placa determinava de forma enfática: CATE AS FEZES DE SEU CÃO. Eu não me lembro de quando exatamente essa placa foi anexada à grade, mas dá para imaginar porque ela foi necessária. Hoje, ver essas placas adjacentes sempre me deprime, porque, mesmo que Howard Morris Shulevitz tenha sido, segundo a imaginação da minha mãe, uma pessoa desagradável, será que ele merecia ter seu nome e sua lembrança evocados ao lado de uma placa "CATE AS FEZES DE SEU CÃO"? Eu acho desconcertante esse fenômeno de nomear as coisas depois de sua morte. Não gosto de sentar em um banco que é uma homenagem à vida de alguém. Parece desrespeitoso. Acho que se você quer homenagear alguém, deve construir um memorial decente, como o Lincoln Memorial, ou deixá-lo em paz.

O passeio dos cães é uma área do parque completamente cercada. Uma vez que você passe pelos dois portões, que sob pena de morte nunca devem ser abertos ao mesmo tempo, pode tirar a coleira de seu cachorro e deixá-lo brincar com os da sua espécie. Quando cheguei, lá pelas quatro horas da tarde, estava praticamente vazio. As pessoas que não tinham emprego de verdade e frequentavam o passeio dos cães durante o dia já tinham ido embora, e as pessoas com emprego de verdade ainda não tinham chegado. Por isso, só havia poucos "passeadores de cães" e um sortimento diversificado de cachorros, sendo que nenhum deles parecia estar no clima de brincar. Miró trotou até nosso banco preferido, que estava na sombra a essa hora do dia, felizmente, e pulou para cima dele. Eu me sentei ao lado dele, que se virou e me ignorou. Na intimidade de nossa casa, Miró é uma criatura muito carinhosa, mas, em público, se comporta como um adolescente que não se interessa pelo carinho dos pais. Presumo que ele pensa que isso interfere em sua pose de "eu não sou um cachorro".

Há um sentimento de camaradagem no passeio dos cães que eu odeio. Esse tipo de cordialidade presunçosa que os donos dos cães compartilham e que acham que lhes dá o direito de interagir. Se eu estivesse sentado no banco de um parque normal, ninguém me abordaria, mas, no passeio dos cães, é como se você estivesse em um planeta distante e estranhamente amigável. "É um poodle gigante?", as pessoas perguntariam, ou "É macho ou fêmea?", ou alguma outra pergunta idiota. Felizmente, os "passeadores de cães", como profissionais que são, só conversam entre si, da mesma maneira que percebi que babás e mães nunca interagem no parquinho: cada uma delas, como os "passeadores de cães" e os donos dos cachorros, só se mete com as da mesma laia. Então, deixaram que Miró e eu ficássemos em paz. Miró observou os outros cães por um momento, depois suspirou e baixou vagarosamente seu corpo em direção ao banco, me empurrando um pouco com as patas traseiras para que tivesse espaço suficiente para deitar. Mas me recusei a me mover, e ele foi obrigado a ficar com a cabeça pendurada no final do banco. Ele fez tudo isso de uma maneira que indicava que era muito difícil ser um cachorro.

Pensei sobre minha mãe e sua chegada inesperada. Não fiquei surpreso porque o casamento não dera certo – sempre houvera algo estranho com o senhor Rogers desde o início, que havia sido há apenas oito meses –, mas pensei que duraria mais do que poucos dias. Minha mãe foi casada com meu pai por quinze anos, e com o segundo marido, por três. Portanto, pensei que esse casamento seria proporcional. Tentei descobrir que percentual de quinze anos eram três anos. Dessa forma, eu poderia descobrir que percentual correspondente de três anos seria – foram quatro dias? Infelizmente, nunca fui muito bom em matemática. Números não me interessam e não me parecem tão reais quanto as palavras.

Se foi proporcional ou não, quatro dias ainda é, desapontadoramente, pouco tempo para um casamento durar. E há quem defenda que a curva devia ser justamente oposta – que os casamentos subsequentes deviam ser melhores, não piores. Nessa proporção, minha mãe seria abandonada no altar se ousasse casar-se de novo. Meu pai não se casou novamente – a mulher pela qual deixou minha mãe morrera, de repente e de forma trágica, de câncer no ovário, antes mesmo que eles pudessem se divorciar e se casar, já que o câncer avançou mais rapidamente que o sistema judiciário. Embora ele não seja religioso (meus pais foram casados por um juiz de paz em uma casa de festas), acho que se sentiu punido por esta morte e, desde então, teve relacionamentos breves com uma série de mulheres mais novas que pareciam ter, todas, a mesma aparência artificial de loura, feita com luzes em seus perfeitos cabelos castanhos. (Não sei se isso é uma coisa da geração ou se é um fetiche do meu pai.)

Naquela noite, minha mãe foi se consultar com Hilda Temple, sua conselheira pessoal. Minha mãe fez terapia convencional por muitos anos (na verdade, ela gastou os dois últimos anos fazendo análise), mas pouco antes de conhecer o senhor Rogers, ela decidiu que terapia convencional não estava "funcionando para ela" e começou a se consultar com uma conselheira pessoal. O que se faz lá é dizer ao seu conselheiro pessoal quais são seus objetivos, e o conselheiro pessoal incentiva/amola você até que atinja tais objetivos, ou (mais provavelmente) o encaminha para um tipo diferente de terapia. Encontrar o senhor Rogers era um dos objetivos de minha mãe – bem, encontrar não especificamente o senhor Rogers e, analisando o passado, não ele, definitivamente; o objetivo era encontrar um companheiro – e, com a ajuda (ou interferência) de Hilda, este objetivo foi alcançado rapidamente.

Enquanto minha mãe tinha saído, Gillian me deixou a par do que havia descoberto. Parece que o senhor Rogers roubara os cartões de saque e de crédito de minha mãe, ou no mínimo os pegou "emprestado" enquanto ela tirava um cochilo na cama nupcial e, de alguma maneira, os usou para pegar 3 mil dólares, que conseguiu apostar nas poucas horas da manhã. (Posteriormente, quando ela recebeu a fatura do cartão de crédito, descobriu que ele também tinha comprado várias danças de colo – discretamente cobradas como "gasto para diversão pessoal" –, um estojo portátil para charutos de 1.500 dólares, 800 dólares em charutos e uma dúzia de pares de meias de caxemira.)

Eu estava em meu quarto quando minha mãe voltou da sua reunião de cúpula com Hilda Temple. Gillian tinha ido à área residencial da cidade para ver Herr Schultz. Por algum tempo, pude ouvir minha mãe conversando com Miró na sala de estar. Sempre tive um pouco de ciúmes do quanto minha mãe conversava com o cachorro. Na verdade, acho que conversamos mais com Miró do que um com o outro. Então, a ouvi andar pelo corredor. Eu estava sentado em minha escrivaninha, olhando na internet casas à venda nas cidadezinhas do centro-oeste. É incrível o que 100 mil dólares podem comprar em um estado como Nebrasca. Ouvi minha mãe parar na porta do meu quarto, mas não ergui os olhos.

– Ah, você está em casa – disse ela.

Já que isso era óbvio, achei que não tinha por que confirmar ou negar.

– Achei que você tivesse saído – falou. – Você não devia ter saído?

– Saído para onde?

– Não sei: saído. Para uma festa ou algo do gênero. Ou para assistir a um filme. Você tem dezoito anos e é sexta-feira à noite.

– Quinta-feira à noite.

– Tanto faz – disse. – Mesmo assim devia ter saído. Eu me preocupo com você. O que está fazendo?

– Olhando casas.

– Casas? Que casas?

– Casas à venda.

– Não é uma coisa estranha para se fazer? Não sabia que estava interessado em comprar uma casa.

– Não estou – falei. – Só estou olhando.

Ela ficou ali parada por alguns instantes.

Eu me virei.

– O que você está fazendo? – perguntei.

– Estou só olhando para você – disse. – Você terá ido embora antes que eu me dê conta.

Era para eu ir para a Universidade de Brown em Rhode Island no próximo outono. Bem, no mês que vem, na verdade: haverá algum desses eventos horríveis para orientação dos calouros ao final de agosto. Eu temo por esse dia.

Minha mãe sentou-se na minha cama.

– Sinto muito pelo senhor Rogers – falei. – Gillian me contou o que aconteceu.

Minha mãe não disse nada.

– O que Hilda falou a respeito disso? – perguntei.

Ela me olhou e esfregou os olhos. Parecia cansada e envelhecida, de uma maneira que nunca a tinha visto cansada e envelhecida.

– Eu não devo falar sobre o senhor Rogers – disse ela.

– Tudo bem – falei. – Bem, sinto muito.

Minha mãe estendeu a mão e afagou gentilmente minha bochecha, como se estivesse com uma sujeira ou outra coisa, mas eu sabia que era apenas uma desculpa para me tocar.

– Estou tão cansada – falou. – Acho que nunca em minha vida fiquei tão cansada.

– Então é melhor ir se deitar.

Em vez de responder, minha mãe deitou-se na minha cama. Virei para o computador. Eu estava olhando uma casa em Roseville, Kansas. Era linda. Era uma casa de alvenaria com frontão, elevador para alimentos e banheiras de porcelana originais. Tinha despensa e uma varanda com camas e tela. Tinha um porão de alvenaria que fora uma das paradas da via férrea subterrânea Underground Railroad.

– Dá uma olhada nisso – falei.
Minha mãe suspirou e se sentou.
– Em quê? – perguntou.
– Nisso – falei. – Vem aqui.
Ela se levantou e se inclinou por cima de meu ombro. Tinha um cheiro estranho. Eu podia sentir o cheiro de *Prélasser*, o perfume preferido dela, mas havia outro cheiro embaixo desse, um cheiro estranho e acre de exaustão, pânico e desespero.
– Em quê? – perguntou minha mãe novamente.
– Veja esta casa – falei. – Não é linda?
– Onde fica?
– Em Kansas. Olhe estas fotos.
Comecei a clicar nas fotografias que haviam sido anexadas: das salas de estar e de jantar, da cozinha, do saguão central e da escada, do banheiro e dos quartos.
– Não é ótima? – perguntei.
– Não gosto de casas antigas – respondeu minha mãe.
– Eu gosto – disse. – Tem uma varanda com camas. E um elevador para alimentos. E janelas em vitral.
– Quem ia gostar de dormir em uma varanda? – perguntou minha mãe.
– Eu ia gostar – respondi.
– Os insetos o comeriam vivo. Há muitos insetos terríveis no centro-oeste.
– A varanda tem tela – falei.
– Eu me sentiria enjaulada – disse minha mãe. – E as pessoas conseguem ver o que há dentro. Além disso, o que há de errado com ar-condicionado?
Ela ficou de pé, suspirou e falou:
– Bem, acho que vou me deitar.
Mas permaneceu ali, como se quisesse que alguém a contradissesse.

Depois de um momento, falei:
— Por que se casou com ele?
Ela não respondeu. Estava olhando para a janela, ou talvez apenas olhando para o próprio reflexo na janela — eu não sabia dizer. Por um momento, achei que talvez não tivesse feito a pergunta, mas apenas pensado nela. Então, ela balançou levemente a cabeça, como que para esvaziá-la. Ainda encarava a janela escura.
— Porque eu me sentia solitária — disse ela.
Eu não sabia o que dizer. Não disse nada.
— Fui ficando solitária — continuou ela.
Ela parecia estar em algum tipo de transe, falando com o próprio reflexo na janela.
— Mesmo com você e com Gillian, quando ela nos concede a honra da sua presença, com Miró, meus amigos, a galeria, e os almoços, jantares e chás da tarde. Era ótimo dormir com ele, era ótimo ter alguém para me abraçar à noite.
Ela interrompeu sua fala:
— Ah! — disse ela. — Eu não devia estar lhe contando isso.
— Por que não?
Ela se afastou da janela.
— Porque vou desvirtuá-lo. Porque passarei toda minha amargura e ceticismo para você, e você não acreditará no amor.
— Eu já não acredito no amor.
— Claro que não acredita. Como poderia acreditar? Você nunca se apaixonou. Ou já? Eu perdi alguma coisa?
— Não — respondi.
— Você ainda vai se apaixonar — falou ela.
— Não vou, não.
Ela colocou as duas mãos em meus ombros, se abaixou e beijou minha bochecha.
— Você é um menino muito bom para não se apaixonar. Eu sei quão bom menino você é. Talvez melhor que ninguém.

– Eu não sou um bom menino – falei.
– Não fale nada – disse minha mãe. – Não me contradiga. Estou exausta. Vou me deitar. Só me deseje uma boa-noite. Ela ficou de pé na porta. Eu me virei na cadeira.
– Boa-noite – falei.
Ela caminhou pelo corredor e desligou a luz. Ouvi a porta de seu quarto abrir e depois fechar. Ouvi um barulho atrás de mim, um som vindo do computador. Eu me virei: porque não havia teclado nem clicado em nada durante cinco minutos, o monitor apagou sozinho. A casa em Roseville, Kansas, desaparecera e fora substituída pelo reflexo negro de meu rosto.

2
Sexta-feira, 25 de julho de 2003

EM RELAÇÃO A UMA COISA, PELO MENOS, MINHA MÃE TINHA RAZÃO: JOHN não precisava de mim na galeria. Na verdade, ele provavelmente daria conta de mais trabalho se eu não estivesse lá, já que gostávamos um do outro e perdíamos muito tempo conversando. Eu tinha algumas funções: era responsável por recolher os entulhos que se acumulavam nas latas de lixo ao final de cada dia. As pessoas adoravam tratar estas obras de arte de 16 mil dólares como meros receptáculos de lixo, que é exatamente como o artista gostaria que o espectador "se conectasse" com eles. Na maioria das vezes, eu encontrava moedas (as pessoas têm compulsão por literalmente jogar dinheiro fora; eu não entendo), lenços de papel usados, embalagens de bala, mas às vezes as pessoas eram mais criativas: já encontrei uma camisinha usada e uma fralda suja. Posto que presumi que os atos sexuais e excretórios que produziram tais itens não aconteceram na galeria, isso queria dizer que as pessoas trouxeram essas contribuições com elas mesmas. Achava um tanto perturbadoras essas ânsias de criatividade.

O artista que criara as latas de lixo não tinha nome. Ele era japonês e tinha teorias interessantes sobre identidade. Por um bom tempo, no início de sua carreira, ele mudava de nome a cada mês, porque achava que a identidade era fluida e não podia ser limitada por algo tão definido quanto um nome. Mas, aparentemente, depois de um tempo mudando de nome a cada mês, as pessoas o perderam de vista e, então, perderam interesse em aprender, ou lembrar, o nome dele. Então, despojou-se completamente de qualquer nome. Acho que parte da irritação que minha mãe sentia por Gillian querer repensar seu nome tinha a ver com a experiência que teve com esse artista. A princípio, minha mãe pensara que um artista sem nome que trabalhava com latas de lixo e textos sagrados atrairia muita publicidade, mas o fato de ele não ter nome fazia com que fosse difícil de promover, e a empolgação dela se transformou em frustração. Nenhuma lata de lixo fora vendida, o que minha mãe atribuía à falta de exposição na mídia, ou "buzz marketing", como ela gostava de chamar. Ela implorou ao artista sem nome para que pudesse se referir a ele como "O Artista Sem Nome" ou "Sem Nome", ou algo estranho assim, mas ele se recusou, justificando que aqueles, por si só, já eram nomes.

Eu devia guardar todas as coisas que recolhia em uma lata de lixo à parte no almoxarifado, pois o artista dizia que seu próximo projeto seria fazer arte desse lixo. (Minha mãe me fez jogar fora a camisinha usada e a fralda suja por motivos óbvios.) Outra tarefa minha na galeria era manter atualizada a lista de dados pessoais, o que significava digitar no computador o nome e o endereço que as pessoas escreviam no livro de visita do balcão. Já que poucas pessoas visitavam a galeria nesses dias escaldantes de verão, e muitos dos que visitavam não assinavam o livro, atualizar a lista de dados pessoais não era uma tarefa onerosa. Toda manhã, eu trazia um cappuccino para John, um bolinho duplo de iogurte de fruta, duas garrafas de 1 litro de água Evian, o *The New York Times*, o *Post* e, dependendo do dia, também o *The New Yorker*, *New York*, *Time Out* ou *The New York Observer*. (John se recusava a assinar jornais e revistas porque achava que a etiqueta com endereço que vinha colada na embalagem era esteticamente comprometedora.)

Se John não fosse almoçar com ninguém, o que sempre tentava fazer, me mandava buscar para ele a refeição de salada do Fabu, o restaurante elegante na esquina da Décima Avenida. Todos os dias, eles ofereciam uma variedade de cerca de doze saladas, das quais se podia escolher uma seleção com três por 11,95 dólares, que incluía chá gelado ou café gelado e um pedaço grande de pão artesanal. (Esse pão não era fatiado, mas despedaçado à mão; ao que parece, fatiar o pão afetava o gosto e a textura.) Fabu liberava o cardápio para o mundo via fax, às 11 horas, todos os dias. Escolher três dentre as doze saladas ocupava a maior parte da manhã de John. E finalmente, às quatro da tarde, eu era mandado para buscar um cappuccino gelado e uma barra de chocolate amargo.

Se eu não estivesse mantendo os níveis de açúcar e cafeína de John, e se houvesse alguém na galeria (o que era raro), eu estaria sentado atrás do balcão digitando rápida e eficientemente no computador. Dessa forma, daria a impressão de que o negócio estava funcionando bem, e, se não bem, ao menos funcionando. Responderia as perguntas das pessoas ou forneceria informação sobre a obra e o artista, mas quando alguém fazia perguntas, normalmente queria saber o endereço de outra galeria ou se podia usar o banheiro.

No restante do tempo, eu ficava sentado conversando com John, que nunca parecia fazer muita coisa. Eu gostava bastante de John. Na verdade, exceto por minha avó, ele era a única pessoa de quem eu realmente gostava. John viveu sua infância na Georgia, terminou o segundo grau com dezesseis anos e passou para a faculdade com as melhores notas. Cursou Harvard com bolsa de estudos completa, o que exigia que ele trabalhasse para a universidade. No último ano, ele conseguiu um emprego como segurança do Fogg Museum e foi promovido rapidamente como guia, já que ficou claro que era capaz de responder muitas das perguntas que desconcertavam os outros guias. John amava arte, principalmente pintura. Ele disse que nunca tinha visto uma pintura de verdade, uma boa pintura, até que foi para Harvard, mas durante toda sua infância estudara livro de arte após livro de arte, e basicamente ensinara a si mesmo toda a história da arte. Depois de Harvard, ganhou o diploma de mestre pelo Courtauld Institute em Londres. Cuidou da coleção de arte da empresa de advocacia de meu pai antes de minha mãe o atrair para bem longe. (Por que as empresas de advocacia possuem coleções de arte multimilionárias é um mistério para mim.)

Quando cheguei na manhã de sexta-feira, após o retorno inesperado de minha mãe, John já estava na galeria, o que era raro. Ele estava sentado à mesa em sua sala particular e parecia estar trabalhando de verdade, embora eu não fizesse ideia do que ele estivesse fazendo. Entreguei a ele o cappuccino, o bolinho e uma garrafa de água Evian (coloquei a outra na geladeira).

– Você chegou cedo – falei.

– Sim – disse ele. – Queria me certificar de que estaria aqui se sua mãe aparecesse. Ficar afastado por alguns dias cria trabalho. Muitos faxes e e-mails para responder. – Apontou para a bagunça da mesa.

– Há algo que eu possa fazer? – perguntei.

– A lista de dados pessoais está atualizada?

– Sim – falei. – A menos que as pessoas tenham invadido a galeria durante nossa ausência e tenham deixado seus nomes e endereços.

– Não teremos sarcasmo por hoje, muito obrigado – John falou. – Mas me conte, o que aconteceu?

Sentei-me em uma das duas cadeiras Le Corbusier que ficavam de frente para a mesa dele.

– Parece que o senhor Rogers é um apostador compulsivo. Roubou os cartões de crédito da minha mãe e gastou cerca de três mil dólares.

– Três mil dólares? Só isso? Gasto quase isso em alguns dos meus encontros. Não acho que seja motivo para terminar um casamento.

– Não é pela quantia. Acho que é mais a questão da confiança. Ele esperou ela pegar no sono, roubou os cartões de crédito e foi embora. Na terceira noite de lua de mel.

– Bem, admito que é um comportamento ruim. E que pena. Agora ela só vai querer se focar na galeria. Mulheres que são rejeitadas sempre voltam a atenção para o trabalho. Eu estava aguardando ansiosamente por um verão longo e calmo. Ela vem hoje?

– Não sei. Ainda estava deitada quando saí.

– Bem, teremos que esperar para ver. Chegou bastante correspondência. Deixei no balcão. Você podia abrir as cartas e separá-las.

– Tudo bem – falei.

John olhou com desconfiança para a espuma de seu cappuccino.

– O que há de errado com isso? – perguntou.

– O quê? Não há nada de errado.

– Tem certeza de que pediu o cappuccino dois por cento?

– Sim – respondi.

Ele cheirou o copo.

– Não parece estar certo. Está com cara de que tem aquela nata horrorosa.

– É dois por cento – falei. – Tenho certeza.

– Tudo bem – disse ele. – Agora vá trabalhar um pouco. Temos que parecer ocupados o tempo todo hoje.

Eu saí da sala dele e sentei atrás do balcão. Havia uma pilha enorme de correspondência, e comecei a selecioná-la. Perto das onze horas, quando o cardápio do Fabu estava sendo cuspido pelo aparelho de fax, John veio de sua sala. Ele tinha a habilidade excepcional de sentir exatamente quando o fax da Fabu chegaria, e quase sempre estava de pé diante do aparelho enquanto o fax surgia.

– Droga! – falou. – Eu estava com muita vontade de comer a salada Thai, de amendoim e manga. Não está aqui. Eles não a oferecem normalmente às sextas-feiras?

– Não sei – falei.

– Eu quero muito – disse John. – Fiquei desejando-a a manhã inteira. Talvez eles tenham esquecido de colocá-la na lista. Por que você não liga e pergunta se eles não têm?

– Tenho certeza de que, se eles tivessem hoje, estaria no cardápio – respondi.

– Bem, por favor, ligue e se certifique.

Ele voltou para sua sala, ainda estudando o cardápio.

Como eu sabia que, se o Fabu estivesse oferecendo a salada Thai de amendoim e manga, eles a colocariam no cardápio, não liguei para confirmar o óbvio. Esperei um pouco e fui até a sala de John para dar a má notícia.

– Merda – falou. – Por que eles me fazem passar por isso? Por que eles simplesmente não servem as mesmas saladas todos os dias? Isso é loucura. O que você vai almoçar?

– Hoje é sexta-feira. Vou almoçar com meu pai.

Toda sexta-feira eu tinha o compromisso fixo de almoçar com meu pai no centro da cidade.

– É verdade – falou John. – Então terei que ficar por aqui mesmo. Vou querer a salada de espinafre e pera, a de risone com azeitona e tomate seco, e acho que a de tomate, manjericão e mozarela.

– E o que você vai querer beber? – perguntei.
– Ah – falou John. Ele suspirou, como se eu estivesse tornando as coisas mais difíceis para ele. – Peça a limonada de gengibre, se eles tiverem. Se não tiverem, pode ser o chá gelado de hortelã. Você vai lá buscar? Demora muito para eles entregarem, e as saladas ficam todas empapadas e misturadas. Detesto quando elas ficam empapadas e misturadas.
– Eu vou para o centro da cidade – falei.
– Eu sei – disse ele. – Levará apenas um minuto. Por favor. E carregue com cuidado para que não fiquem empapadas.
– Tudo bem – falei. – Mas terei que sair cedo.
– Vá quando quiser – disse John.

Costumava ser bem fácil visitar meu pai em seu escritório: era só andar pelo saguão, entrar no elevador e ir até o quadragésimo nono andar. Mas desde o 11 de setembro, é preciso ficar numa fila no saguão e mostrar ao guarda a identidade. Se seu nome estiver na lista de visitantes esperados, você pode dirigir-se aos elevadores. Se não estiver, você deve ir para outra fila e dizer àquele guarda quem você deseja visitar e esperar enquanto ele liga para a pessoa para permitir sua entrada. Meu pai invariavelmente esquece de me colocar na lista dos visitantes esperados ("Sou muito ocupado para me lembrar desse tipo de coisa", ele me disse. Perguntei se ele podia instruir seu assistente a incluir meu nome na lista, mas o assistente trabalha há tanto tempo para ele – cerca de vinte anos, acho – que não se vê mais como um assistente e se recusa a fazer qualquer tarefa administrativa insignificante. Já que o trabalho dele é composto apenas de tarefas administrativas insignificantes, ele não faz muita coisa), portanto, sempre demoro de quinze a vinte minutos para ir do saguão até seu escritório. Depois, tenho que me anunciar à recepcionista e esperar até que meu pai venha me buscar, já que não sou de confiança para andar sozinho pelos corredores até a sala dele.

Eu me sentei na recepção e, enquanto esperava pelo meu pai, uma mulher apareceu lá de dentro, assinou seu nome e saiu, passando pela mesa da recepção. Ela olhou para mim e sorriu.

– Você é o filho de Jim Bigley? – perguntou.

– Não – falei. – Sou o filho de Paul Sveck.

Ela parou de sorrir na mesma hora, como se eu tivesse dito que era filho de Adolf Hitler. Fiquei imaginando o que meu pai teria feito para aborrecê-la. Enquanto eu refletia sobre isso, Myron Axel, o suposto assistente de meu pai, apareceu e fez sinal para segui-lo. Myron Axel é um homem estranho. Nesses muitos anos que trabalhou para meu pai, nunca revelou nenhum aspecto de sua vida pessoal. Você pode achar que talvez ele seja uma pessoa reservada, mas parece mais provável que, após conhecê-lo, ache que ele não tem uma vida pessoal a ser revelada. Myron Axel anda de forma muito esquisita, meio mantendo o corpo duro e apenas mexendo os pés, como se qualquer movimento a mais fosse inadequado. Eu o segui pelo corredor extenso, passando por grandes salas com janelas de um lado e por salas pequenas sem janelas do outro. Acho que nunca conseguiria trabalhar em um ambiente corporativo tão flagrantemente hierárquico. Sei que nem todo mundo é igual, mas não suporto ambientes que deixam essa verdade tão clara. A sala de canto do meu pai, repleta de luz do sol, tem uma vista incrível, um quadro de Diebenkorn (graças a John Webster), uma mesa *vintage* de Florence Knoll, um sofá de couro (Le Corbusier, é claro) e um aquário de água salgada, enquanto Myron Axel trabalha em seu cubículo de luz fluorescente do outro lado do corredor.

Meu pai falava ao telefone, mas fez sinal para que eu entrasse.

– Obrigado – falei para Myron, que não respondeu ao comentário.

Entrei na sala de meu pai e olhei pela janela para contemplar a vista, que sempre muda de acordo com a estação, com a luz e com a hora do dia. Só quando visito meu pai me dou conta de que vivo em uma grande cidade. No resto do tempo, quando estou lá embaixo, no nível do solo, essa noção, de alguma forma, desaparece.

– Eu sei que você está mentindo e que essas são mentiras estúpidas, que só me fazem perder tempo – falou meu pai. – Quando estiver pronto para ter uma conversa sensata, me ligue. – E desligou o telefone. – Olá, James – disse ele. – Estou feliz que esteja usando paletó e gravata. Embora pareça que você dormiu com essa roupa. Pensei de almoçarmos no salão de negociação.

Meu pai prefere comer no salão de negociação porque é mais rápido e mais barato do que qualquer outro restaurante da cidade, mas ele sempre finge que está fazendo isso para me agradar: como se comer em uma sala repleta de pessoas de terno fosse muito legal.

Mas gosto de meu pai, apesar de ele ser irritante e tolo. É difícil não gostar dele: ele é muito bonito e encantador. Cresceu em uma família de classe operária em New Bedford, Massachusetts, mas nunca se vangloriou de seu sucesso. Vai a Londres uma vez ao ano para comprar seus ternos, seus sapatos são feitos na Itália a partir de um molde de gesso de seus pés, sua roupa íntima vem da Suíça e suas camisas são feitas sob medida por um alfaiate em Chinatown. Ele fica muito satisfeito com todas essas extravagâncias. É feliz e generoso.

Batucou na mesa e ficou de pé.

– Vamos? Tenho que estar de volta às duas horas para uma teleconferência.

Saímos da sala. Ele parou do lado de fora do cubículo de Myron e disse:

– Se Dewberry ligar, pegue o endereço para o qual devemos enviar um FEDEX com a documentação.

Não esperou pela resposta de Myron, mas acho que não o fez porque Myron raramente responde. Andou rapidamente pelo extenso corredor, e eu segui atrás dele.

Deram-nos uma mesa perto da janela, com vista para o porto de Nova York, para a Estátua da Liberdade e para a Governors Island. Havia um espaço vazio no céu bem do nosso lado direito, e podíamos ver partes de Nova Jersey e do rio Hudson, que antes ficavam escondidos. Eu tentava não olhar naquela direção.

– Você soube da última da minha mãe? – perguntei.

– Não – disse ele. – Por que eu saberia de sua mãe? Ela não está em uma das suas tantas luas de mel?

Meu pai sempre gosta de insinuar que minha mãe se casa frequente e indiscriminadamente, embora ela só tenha se casado três vezes.

– Não – falei. – Ela voltou para casa ontem.

– Achei que ela fosse ficar fora até o dia vinte e nove.

– Era para ter ficado. Mas seus planos mudaram.

– Por quê? O que houve?

– O senhor Rogers roubou os cartões de crédito dela e gastou quase três mil dólares em jogatina.

Meu pai deu uma gargalhada, tentou disfarçá-la com uma tossida e bebeu sua água.

– Isso não é engraçado.

– Eu sei. É claro que não é engraçado. É que... bem, é por isso que você nunca deve se casar, James. Não há mais motivo para um homem se casar. As mulheres irão fazê-lo achar que há, mas acredite em mim, não há. Não há nenhuma razão.

– Eu não pretendo me casar.

– Bom. Muito bom saber disso.

O garçom veio para anotar nosso pedido. Meu pai pediu um bife, e eu escolhi penne com manjericão e tomate.

– Você devia ter pedido um bife ou algo do tipo – falou meu pai. – Você nunca deve pedir massa como prato principal. Não é muito masculino.
– Pode deixar que me lembrarei disso.
– Não, você não se lembrará. E escute, já que estamos falando sobre isso, deixe-me fazer uma pergunta.
– O que foi?
– Você é gay?
– O quê? – perguntei. – Por que está me perguntando isso?
– Por quê? Por que não? Eu só quero saber.
– Por quê? Você conseguiria dedução extra no imposto de renda ou algo do tipo?
– Muito engraçado, James. Não. É só porque nunca falamos da sua sexualidade e, se você for gay, quero dar o apoio adequado. Não tem problema se for gay, só quero saber.
– Você não daria apoio se eu fosse hétero?
– Claro que daria. Mas não... quer dizer, o mundo já apoia os heterossexuais. É a regra. Os heterossexuais não precisam de apoio. Mas os gays, sim. Então, eu teria que fazer um esforço especial. É só o que quero saber. Eu devo fazer um esforço especial? Não devo dizer coisas do tipo "massa é coisa de viado"?
– Não me importa o que você diz – falei.
– Seja como for, eu ainda gostaria de saber o que devo ou não dizer.
– Pai, se você for homofóbico, não quero que mude por minha causa.
– Não sou homofóbico! James, acabei de dizer que não me importaria se você fosse gay. Não me incomodaria nem um pouco.
– Se é assim, por que não posso comer massa como prato principal?
– Porque isso não é gay, nunca falei que era gay. Falei que não era muito masculino.

Essa conversa inútil foi interrompida por um dos colegas de meu pai, o senhor Dupont, que parou à nossa mesa ao se encaminhar para fora do salão. Encontrei o senhor Dupont poucas vezes ao longo dos anos.

– Olá, Paul – falou para o meu pai. – Olá, James.

– Oi, senhor Dupont.

– Seu pai me contou que você vai para Yale.

– Brown – falei. – Eu acho.

– Ah, sim, Brown. Ótima universidade, Brown. Huck foi para Dartmouth. Recusou uma bolsa integral como jogador de hóquei na Universidade de Minnesota. Imagine o que eu poderia ter economizado.

– Uma fortuna – falou meu pai.

– Uma fortuna e meia – disse o senhor Dupont. – Bem, senhores, tenham um bom almoço. Espero que tenham pedido o bife. Está excelente.

Ficamos alguns momentos em silêncio, e, então, o garçom serviu nossa refeição. Meu pai deu uma olhada para o meu prato de massa, mas não disse nada. Cortou seu bife quase cru e sorriu para o sangue que escorreu dele.

– Então – falou depois de dar uma mordida –, você não vai me dizer?

– Não vou te dizer o quê?

– Se você é ou não é gay?

– Não – falei. – Por que deveria? Você contou para seus pais?

– Eu não sou gay – respondeu meu pai. – Sou hétero.

– Então, se alguém é gay tem a obrigação moral de informar os pais, e se é hétero não tem?

– James, só estou tentando ajudar, ser um bom pai. Você não precisa ficar hostil. Só achei que você pudesse ser gay, e se fosse, queria que soubesse que tudo bem, e gostaria de ajudá-lo com o que pudesse.

— Por que você pensaria que sou gay?
— Não sei. Você parece... Bem, vejamos: você não parece ter interesse em garotas. Você tem dezoito anos e, até onde sei, nunca teve um encontro com ninguém.

Eu não disse nada.

— Estou errado? Ou é verdade?
— Só porque não tive um encontro com ninguém não quer dizer que sou gay. Além do mais, ninguém tem encontros hoje em dia.
— Tanto faz. Jovens normais saem juntos. Eles saem. Talvez *encontro* não seja a palavra certa, mas você entendeu o que quis dizer.
— Você não acha que sou normal?
— James, nós dois sabemos que você nunca foi normal. Não precisamos discutir essa questão. Vamos deixar isso pra lá. Eu obviamente toquei em um ponto delicado. Peço desculpas. Estava apenas tentando ajudá-lo.

Eu não disse nada.

Meu pai atacou seu bife com virilidade. Eu comi gentilmente minha massa. Depois de alguns instantes, ele falou:

— O que você quer dizer com "eu acho"?
— O quê?
— Você disse ao senhor Dupont que vai para Brown, "eu acho".
— Bem, não tenho certeza.
— Como assim não tem certeza? É claro que vai para Brown. Já enviamos o dinheiro para eles. Você não pode trocar de faculdade agora.
— Não estava pensando em trocar de faculdade — falei.
— Muito bem — disse meu pai.
— Estou pensando em não ir para faculdade nenhuma.

Meu pai largou o garfo e a faca.

— O quê? — perguntou.
— Não tenho certeza se quero ir para a faculdade. Na verdade, tenho certeza de que não quero ir.

— Como assim, você não quer ir para a faculdade? É claro que quer ir para a faculdade. O que pretende fazer? Fugir e se juntar ao circo?
— Eu não sei. Talvez. Só não quero ir para a faculdade.
— Por quê? Por que não?
— Acho que seria perda de tempo.
— Perda de tempo? Ir para a faculdade?
— Sim — falei. — Para mim. Estou certo de que posso aprender tudo que desejar lendo livros e pesquisando o conhecimento que me interessa. Não vejo motivo para perder quatro anos, quatro anos muito preciosos, aprendendo um monte de coisa que particularmente não me interessa e que estou prestes a esquecer só porque é a norma social. Além disso, não suporto a ideia de passar quatro anos em contato próximo com estudantes universitários. Tenho pavor disso.
— O que há de tão ruim em estudantes universitários?
— Todos eles serão um pouco como Huck Dupont.
— Você nunca conheceu Huck Dupont.
— Não preciso conhecê-lo. O fato de ele se chamar Huck e de ter conseguido uma bolsa integral como jogador de hóquei na Universidade de Minnesota já é suficiente.
— O que há de errado com hóquei?
— Nada — falei —, se você gosta de esportes sangrentos. Não acho que as pessoas devam ganhar bolsas integrais para universidades estaduais porque são psicopatas.
— Bem, esqueça Huck Dupont. Ele vai para Dartmouth. Você vai para Brown. Duvido que eles tenham um time de hóquei.
— Não importa se Brown tem time de hóquei ou não. O que importa é que não quero gastar uma enorme quantia do seu dinheiro fazendo algo que não tem valor ou significado para mim. Na verdade, acho indecente pagar milhares de dólares para ir

para uma universidade quando há tanta gente no mundo vivendo na miséria.

– James, o fato de a miséria existir não é motivo para você não ir para a faculdade. E a existência da miséria não impede que você faça algumas coisas tolas e extravagantes, como comer um prato de massa que custa dezoito dólares.

– Isso não custa dezoito dólares – falei.

– Custaria se estivéssemos pagando o preço de mercado.

– Bem, se isso é tolo e extravagante, por que ir para a universidade não é tolo e extravagante?

– Porque ir para a faculdade é investir em seu futuro. Não passa pelo seu aparelho digestivo em vinte e quatro horas. Mas, James, você só está sendo infantil. Você vai para a faculdade. Você amará a faculdade. É um jovem muito inteligente. Sei que o segundo grau foi um pouco difícil e entediante para você, mas a faculdade é diferente. Você será desafiado e estimulado, acredite em mim.

– Por que todo mundo tem que ir para a faculdade?

– Nem todo mundo vai para a faculdade – disse meu pai. – Na verdade, poucas pessoas vão para a faculdade. É um privilégio passar quatro anos em busca de conhecimento. Penso que seria a melhor coisa para alguém como você.

– Não encaro isso dessa forma. Acho que posso aprender tudo que preciso e quero saber lendo Shakespeare e Trollope.

– Então, o que você propõe fazer? Ficar sentado em casa e ler Trollope durante quatro anos?

– Não – respondi. – Quero comprar uma casa.

– Uma casa? Você está louco? Você tem ideia de quanto custa uma casa?

– Não estou falando de uma casa na cidade de Nova York. Estou falando em Indiana. Ou no Kansas. Ou na Dakota do Sul. Algum lugar do tipo.

– E onde conseguirá dinheiro para comprar uma casa?

– Se você me der um terço do dinheiro que gastaria me mandando para Brown, eu poderia facilmente dar uma entrada substancial em uma casa bem legal.

– E o que você faria nessa casa tão legal no Kansas? Leria Trollope?

– Sim – respondi –, entre outras coisas. Também quero trabalhar.

– No McDonald's da cidade, presumo.

– Pode ser. Por que não?

– James, sua mãe e eu não criamos você para trabalhar no McDonald's no Kansas. Criamos você para que seja uma pessoa educada e realizada. Se depois de quatro anos na faculdade você achar que deve se mudar para o Kansas e trabalhar no McDonald's, a decisão é sua. É uma das coisas em que eu e sua mãe concordamos. Portanto, vamos parar com esse papo por aqui, porque você vai para a faculdade, onde você vai ter sucesso, ser feliz *e* ler Shakespeare e Trollope.

Eu não disse nada. Comemos por alguns momentos em silêncio e, então, meu pai disse:

– Como está sua mãe? Ela está bem?

– Acho que sim – respondi. – Ela só está decepcionada. E triste.

– Bem, o bom da sua mãe é que ela não ficará triste por muito tempo.

Detesto quando meu pai faz comentários como esse sobre minha mãe ou quando ela os faz sobre ele. Acho que quando você se divorcia de alguém, abre mão do direito de comentar suas ações ou caráter.

– O que você vai fazer esse fim de semana? – perguntei ao meu pai. – Vai para a praia?

Meus pais tinham comprado uma casa em East Hampton quando se separaram; minha mãe ficou com o apartamento em Manhattan e meu pai ficou com a casa na praia. Nos primeiros anos, eu e Gillian passamos os meses de julho e agosto lá com ele, mas nos últimos dois anos o esquema ficou mais informal, e íamos para lá quando nós, e meu pai, bem queríamos.

– Não – falou ele. – Vou ficar na cidade esse fim de semana.

– Por quê? – perguntei.

– Por nada, na verdade. Vou fazer algo como uma pequena cirurgia.

– Cirurgia? O que houve?

– Não houve nada.

– Então, por que você vai fazer uma cirurgia?

– Não chega a ser uma cirurgia. É uma cirurgia ambulatorial. Um procedimento bem simples. Nada para se preocupar.

– É cirurgia de quê? O que vai operar?

Meu pai não falou nada.

– Pai, o que vai operar?

– Vou fazer uma cirurgia no olho – falou.

– Ah, uma cirurgia a laser?

– Não é bem isso – respondeu.

– Então, que tipo de cirurgia?

– Prefiro não dizer, James. Basta que você saiba que não estarei na casa da praia esse fim de semana. Fiquem à vontade para usá-la, se quiserem.

– Você vai fazer uma cirurgia plástica?

– Não – falou meu pai.

– Que bom.

– Por que bom?

– Sei lá. Acharia esquisito se você alterasse sua aparência por vaidade. Você está ótimo, pai, e não precisa de nenhuma cirurgia.

– E estas bolsas embaixo dos meus olhos? – perguntou.

– Que bolsas?

– Estas – falou, indicando as escuras bolsinhas protuberantes embaixo de cada olho.

— Não são bolsas, pai. Você só precisa ter uma boa noite de sono. E parar de comer carne. É tudo que precisa fazer.
— Elas são bolsas, sim, e vou consertá-las no sábado. E isso não é da sua conta.
— Nossa, pai — falei. — Cirurgia plástica.
— Não é mais chamada de cirurgia plástica. É cirurgia estética opcional.
— Nossa, pai. Cirurgia estética opcional.
— Não é nada de mais. Por favor, não conte para Gillian nem para sua mãe. Escute, tenho que voltar lá para baixo. Não quero perder aquela teleconferência. Você quer sobremesa? Fique à vontade para ficar mais um pouco e pedir uma sobremesa, se quiser.
— Não, obrigado. Estou satisfeito.
— Muito bem. Então, vamos sair logo daqui.

No metrô de volta para a galeria, pensei no que tinha dito ao meu pai. Eu não tinha nenhuma vontade de ir para a faculdade e, praticamente desde o momento em que fui aceito em Brown, venho tentando inventar um plano alternativo viável, mas parece que é inevitável: não ir para a universidade simplesmente não era uma opção que eu achava que tinha. Depois de almoçar com meu pai, percebi que tinha, sim. Não seria fácil e deixaria meus pais bem aborrecidos, mas eu tinha dezoito anos, era um adulto, e eles não podiam me forçar a ir para a faculdade contra minha vontade.

O principal problema era que eu não gostava de gente em geral, e especialmente das pessoas da minha idade, e são justamente as que vão para a faculdade. Consideraria ir para a universidade se ela fosse para pessoas mais velhas. Não sou sociopata ou maluco (se bem que não acho que as pessoas que são sociopatas ou malucas se identificam como tais). Eu simplesmente não gosto de estar com outras pessoas. As pessoas, pelo menos pela minha experiência, raramente dizem algo interessante umas às outras. Sempre falam de sua vida, mas elas não têm uma vida interessante. Então, fico impaciente. Por algum motivo, acho que só se deve falar alguma coisa se esta for interessante ou se absolutamente tiver que ser dita. Nunca tinha me dado conta quão difíceis esses sentimentos tornavam as coisas para mim até uma experiência que tive nessa primavera.

Uma experiência terrível.

3

Abril de 2003

FUI A ESSE TAL SEMINÁRIO EM WASHINGTON D.C. CHAMADO "A SALA DE Aula Americana". Dois estudantes de cada estado foram escolhidos para participar e enviados a Washington por uma semana. Todos os alunos do último ano do segundo grau tiveram que escrever uma redação sobre alguns aspectos do governo e da política. No esforço de assegurar que eu não seria escolhido, escrevi o que pensei ser uma redação péssima e tola sobre como eu acreditava que mulheres eram melhores líderes de governo do que os homens, e que os homens – pelo menos os homens em busca de poder – pareciam ser capazes apenas de pensar em si mesmos: na própria riqueza, no próprio poder e no tamanho do próprio pau. De qualquer forma, mesmo acreditando que era uma redação idiota, de alguma maneira, fui selecionado. Eu não queria ir – o programa era supostamente bipartidário, mas a Administração de Recuperação Nacional (NRA) ou a Filhas da Revolução Americana (DAR) ou alguma organização do tipo administrava o evento, e eu sabia que seria horrível. Sou um anarquista. Odeio política. Odeio política e odeio religião: sou ateu, também. Se não fosse trágico, acharia engraçado que a religião seja supostamente essa força do bem no mundo, tornando as pessoas éticas, caridosas e boas. A maioria dos conflitos do mundo, tanto no passado quanto no presente, é causada pela intolerância religiosa. Eu poderia continuar aqui discursando, porque acho isso tudo muito perturbador, principalmente fatos como o 11 de setembro, mas não vou. O que importa é que eu não queria ir ao A Sala de Aula Americana. Sabia que seria um pesadelo, mas me disseram que eu tinha que ir. Isso foi bem na época em que estava me candidatando às universidades, e ser selecionado para o A Sala de Aula Americana era supostamente uma ótima coisa, que me mandaria direto para Harvard e Yale. (Mas não mandou.)

É claro que fui de má vontade, mas foi genuinamente terrível desde o começo. Na verdade, no começo foi tudo bem, antes de chegar em Washington. Peguei um trem na estação Penn Station para Washington. Adoro andar em trens, até no patético Amtrak. O comecinho foi muito ruim – tive que lidar com o pesadelo que é andar pelo que chamam de Penn Station. Fico enfurecido ao pensar que um dia houve um edifício lindo e majestoso na cidade de Nova York, que não posso conhecer porque alguns homens na década de 1960 decidiram derrubá-lo (esse é um bom exemplo do porquê de eu achar que as mulheres deviam estar no poder – duvido muito que elas derrubassem o antigo Penn Station). Na nova e melhorada Penn Station, não anunciam a plataforma até trinta segundos antes de o trem partir, o que significa que você tem que ficar olhando toda hora para o letreiro (muito feio, por sinal) e dar uma corrida insana juntamente com milhares de pessoas até a plataforma anunciada, se quiser pegar um lugar. Então, o comecinho da minha viagem foi desagradável, mas assim que entrei no trem e encontrei um bom lugar no vagão silencioso onde as pessoas eram proibidas de ouvir música e/ou falar no celular, tudo ficou ótimo.

Um dos piores presságios em relação ao evento A Sala de Aula Americana já foi o traje obrigatório. Os "homens" deviam usar paletó, gravata, calça que não fosse jeans e sapato de couro. As "mulheres" deviam usar vestido ou saia larga, blusa "apropriada" e sapato de couro. Achei um pouco triste que um programa que supostamente celebraria as maravilhas da democracia tivesse uma abordagem tão totalitária quanto ao modo de se vestir.

Eu estava usando paletó, gravata, sapato de couro, calças adequadas e aproveitando meus últimos minutos de liberdade no trajeto de trem até lá. Além do traje supracitado, também tínhamos que usar crachás com nosso nome durante todo o tempo em que estivéssemos em Washington. Eles nos enviaram os crachás para que pudéssemos usá-los quando chegássemos ao aeroporto, à rodoviária ou à estação de trem. Nesses crachás estava escrito A SALA DE AULA AMERICANA em letras vermelhas, brancas e azuis listradas e, embaixo disso, em preto, nosso nome e o estado que representávamos. O meu estava no bolso, porque me recusava a usá-lo até o último minuto.

Quando desci do trem na estação Union Station, tive a repentina ideia de passar anônimo pelo grupo, perambular sozinho e ter uma ótima semana solitária em Washington. Minha mãe me deu seu cartão de crédito "só por garantia", caso precisasse dele, portanto, eu não teria problema em fazer check-in em um hotel. Assim, poderia passar muito tempo na Galeria Nacional ou simplesmente ficar no quarto de hotel lendo *Can You Forgive Her* (Você pode perdoá-la?), que trouxera na esperança de ter tempo para lê-lo entre as sessões de lavagem cerebral. Estava pensando nisso quando vi um grupo de jovens adultos vestidos de forma estranha não muito longe. Uma mulher vestida como uma aeromoça estava no meio deles, aparentemente conferindo e riscando os nomes de uma lista em sua prancheta. Os alunos usavam crachás e andavam de lá pra cá, como gado esperando para ser abatido. Passei por eles, saí pela porta e fiquei parado na calçada. Um motorista me perguntou se precisava de táxi, e eu disse que não. Sabia que tinha que colocar meu crachá e me virar, entrar de novo e me juntar àquele grupo infeliz. Disse a mim mesmo: "Há coisas na vida que você não quer fazer, mas que terá que fazer. Você não pode sempre fazer o que quer nem ir aonde deseja. Não é assim que a vida funciona. Este é um desses momentos em que tem que fazer o que não quer e ir aonde não deseja ir." Eu estava passando os dedos nervosamente pelo meu crachá que estava dentro do bolso do meu paletó, virando a ponta em forma de agulha para dentro e para fora do pino. Então, finquei meu dedo com força contra ele, com tanta força que eu sabia que ia sangrar, porque eu queria sangrar. Já que tinha que fazer isso, queria fazê-lo sangrando.

Quando a mulher afetada riscou todos os nomes de sua lista, fomos conduzidos para fora da Union Station e para dentro de uma van que nos aguardava. A mulher, esposa de um congressista, chamava-se Susan Porter Wright e era voluntária do A Sala de Aula Americana. Ela nos contou como aguardava ansiosamente pelo evento todos os anos e como era maravilhoso conhecer os alunos mais brilhantes e cívicos de toda a nação. Apesar de todos usarmos crachás com nomes, ela pediu que nos apresentássemos um a um. Depois disso, ela nos ignorou e ficou falando no celular com um fornecedor sobre uma festa de aniversário inspirada em um luau para o marido, na qual queria assar um porco em seu quintal.

Eu sabia que ficaríamos em um hotel e imaginei um daqueles hotéis chiques perto do shopping, portanto, entrei logo em pânico ao ver que atravessamos rapidamente Washington e pegamos a rodovia na direção de Arlington, Virgínia. Nenhum dos outros estudantes pareceu ter percebido que estávamos prestes a cruzar fronteiras de estados, o que acredito ser uma ofensa federal. Todos eles pareciam bem adaptados e amistosos, conversando sobre o lugar de onde vinham, para que universidade iam e sobre como estavam emocionados por estar em Washington (por pouco tempo, já que tínhamos deixado a cidade para trás) e participar do A Sala de Aula Americana. Uma garota disse que aquela era a coisa mais emocionante que já fizera na vida. Mas ela era da Dakota do Norte, então, fazia sentido. Outra garota me perguntou de onde eu era e falei que era de Nova York, o que já tinha dito na recente apresentação, e ela perguntou de onde de Nova York, e eu disse que vinha da cidade de Nova York, e ela falou que a mãe dela tinha nascido em Staten Island, e eu disse que era legal. Não consegui pensar em nada mais para dizer.

Estávamos indo cada vez mais para longe de Washington D.C., e quando eu estava prestes a perguntar à senhora Wright aonde estávamos indo, saímos da rodovia e entramos no estacionamento de um hotel barato. Era um daqueles hotéis que ficavam no meio do nada, cercado por mais ou menos seis rodovias, daqueles pelos quais você passa e se pergunta quem ficaria ali e por quê. Lugares como esse, que parecem isolados da vida, me afligem. Fazem-me lembrar um incidente infeliz que aconteceu há um ano (na verdade, agora que lembrei dele, ele foi um prenúncio do incidente infeliz que estou prestes a contar).

Tinha ido encontrar meu pai em Los Angeles por alguns dias. Ele tinha ido a negócios, e ficamos em um hotel do qual dava para ver o Getty Museum, todo branco e lindo refletindo a luz do sol no topo de uma colina. Então, na primeira tarde, enquanto meu pai pegava o carro para ir a uma reunião no centro da cidade, resolvi ir andando até o museu. Achava que seria bem fácil, já que conseguia vê-lo. Parecia ser simplesmente uma questão de dobrar a esquina e subir a colina. Mas descobri que não dá para andar até o Getty Museum. Em certo ponto, a calçada simplesmente acabou de uma hora para outra, e fui obrigado a andar na beira da estrada, onde, é claro, não devia estar andando porque quase fui atropelado. Os motoristas de Los Angeles não são amigos dos pedestres; é como se eles nunca tivessem visto um pedestre e não acreditassem que fossem reais, portanto, eles podem passar raspando por eles a 130 quilômetros por hora. A estrada que achei que me levaria ao museu só me levou a uma via expressa de oito pistas que eu sabia que não podia atravessar, embora visse o Getty Museum bem na minha frente. Arriscando morrer, refiz meus passos e encontrei a entrada de serviço do Getty, uma estrada que subia pela parte de trás do morro em cima do qual o museu estava tão modestamente encarapitado. Mas os guardas na cabine de entrada da estrada disseram que eram permitidos apenas veículos na estrada de serviço: aparentemente, o pé do ser humano nunca deveria tocá-lo. Isso me pareceu tão absurdo, e eu estava com tanto calor e tão de saco cheio, que fiquei hostil e comecei a caminhar estrada acima. Os guardas saíram da cabine carregando seus fuzis engatilhados e praticamente me atacaram. Ameaçaram chamar a polícia, mas implorei a eles que não o fizessem, e acabaram tirando uma foto minha e me fazendo assinar um formulário dizendo que nunca mais visitaria o Getty Museum em hipótese alguma. (Desde então, tenho uma fantasia de que, em algum momento da minha vida, receberei um prêmio importante e que a cerimônia de entrega acontecerá no Getty Museum. Então, terei que recusar o prêmio, e eles me perguntarão por quê, e responderei que é devido à política não muita clara sobre acesso de pedestres ao museu. Eles perceberão como isso é idiota, construirão uma passagem para pedestres até o museu e a batizarão com meu nome.)

A localização do hotel barato não era o único inconveniente. A fim de economizar dinheiro e incentivar a amizade entre os participantes, éramos três em um quarto, o que significava que havia uma cama dobrável em cada quarto. É claro que o princípio de "o primeiro a chegar é o primeiro a ser servido" estava vigente, e como fui o último a chegar, fiquei com a cama dobrável.

    A experiência de viver com dois outros homens no mesmo quarto de hotel foi tão traumática que não me lembro muito dela. Sei que isso tudo é muito anormal e neurótico da minha parte e que eu devia calar minha boca e me alistar no exército, dormir em um cômodo com um bando de homens, ser forçado a defecar em uma cabine sem porta e superar isso tudo, mas não me alistei no exército e tudo o que queria era um lugar para ficar sozinho. Ficar sozinho é uma necessidade básica minha, como beber água e comer, mas sei que não é para os outros. Meus companheiros aparentemente gostavam de viver no mesmo quarto, com aquela intimidade de quem solta pum e fuma maconha junto, e não pareciam se incomodar com o fato de que nunca estavam sozinhos. Só sou eu mesmo quando estou sozinho. Interagir com as outras pessoas não é natural para mim; é tenso e requer esforço, e como não é natural, sinto que não sou eu mesmo quando faço esse esforço. Eu me sinto à vontade com minha família, mas mesmo com ela, às vezes sinto essa tensão por não estar sozinho.

    A última vez em que tive que lidar com uma situação de convivência como essa foi no verão em que tinha doze anos e fui enviado para o acampamento de regata. Foi o verão em que meus pais se separaram, e eles mandaram Gillian e a mim para longe. Gillian tinha quinze anos e teve que fazer uma excursão pela Europa com a família de sua amiga Hilary Candlewood, mas fui banido para o acampamento de regata em Cape Cod. Acho que meus pais demoraram muito para arranjar alguma coisa para mim, então, todos os acampamentos normais estavam lotados (não que eles fossem muito melhores). Depois, descobri que Camp Zephyr não era nem um acampamento de regata normal, mas um daqueles acampamentos anunciados no verso da revista *The New York Times Magazine* (junto das escolas preparatórias para o exército), que supostamente corrigiam adolescentes com sérios problemas usando as maravilhas do trabalho físico severo e as glórias da natureza. Até o lema do acampamento era sinistro: "Suporta e sê firme. Algum dia essa dor lhe será útil."

4

Sexta-feira, 25 de julho de 2003

QUANDO VOLTEI PARA A GALERIA, JOHN ESTAVA SENTADO AO BALCÃO DE entrada, mas quando me viu, levantou-se e dirigiu-se para a própria sala, fechando a porta. Eu sabia que minha mãe tinha chegado porque a temperatura tinha caído uns vinte graus. Dentre as noções mais interessantes e equivocadas de minha mãe, havia a ideia de que manter a galeria resfriada como um frigorífico era bom para os negócios. Ela teve essa ideia porque levou a sério um artigo que lera na seção "Estilo" do *Times* que dizia que, baseado em uma pesquisa recente sobre a temperatura de vários centros comerciais da cidade de Nova York, o senso de exclusividade de um estabelecimento comercial é inversamente proporcional à sua temperatura: Bergdorf Goodman é 17°, Kmart é 24°.

Então, vesti o suéter que deixo à mão para ocasiões geladas como essa. Assumi minha posição atrás do balcão e olhei para o monitor do computador, que exibia a página da galeria. John sempre volta para essa página depois de ter navegado pela internet, e acho que ele não sabe que é só apertar a tecla VOL-

TAR para ver os sites que ele andou visitando. Normalmente, os sites que ele visita são uma mistura interessante de esoterismo com pornografia. Depois de alguns cliques, me encontrei navegando pelo site eleparaele.com, "onde homens de qualidade encontram homens de qualidade". Cliquei para voltar para o site anterior e encontrei o que supus ser o perfil de John, já que havia uma foto dele de pé no deque de uma casa de praia vestindo um traje de banho muito apertado e obsceno (que lhe caía muito bem). O perfil dele se chamava "Narciso Negro" e tinha a seguinte descrição: *Homem negro e gay, 33 anos, 1,77m, 80kg. Bem-sucedido, educado e culto. Bonito, em forma e gostoso. À procura de homens inteligentes e divertidos interessados em sexo e semântica. Gosto de: Paul Smith, Paul Cézanne e Paul Bowles. Não gosto de: Starbucks, Star Jones, Star Wars. Disponível para conversa, encontro e libertinagem.*

A esse incansável perfil aliterativo se seguia uma longa lista de favoritos: livros, filmes, atividades de lazer, países etc. Abaixo, havia uma seção na qual se podia descrever o parceiro ideal. O homem dos sonhos de John era branco, de 26 a 35 anos, que tivesse no mínimo um diploma universitário, ganhasse ao menos 50 mil dólares por ano, que tivesse entre 1,70m e 2m e pesasse entre 63,5kg e 108kg, com pele macia (mas não sem barba), "sarado", que gostasse de artes, beisebol, sexo, tolerasse gatos, cachorros e aves, que não fumasse, mas que bebesse socialmente, e que usasse drogas "moderadamente, se usasse", praticasse "sempre" sexo seguro, vivesse em Manhattan, fosse espiritualizado, mas não religioso, do partido democrata, vegetariano, versátil e não circuncidado.

Porque não havia mais nada para fazer e porque era de graça associar-se ao eleparaele.com (embora alguns "serviços avançados" fossem pagos), criei e postei um perfil para o parceiro perfeito de John. Senti-me um pouco como o criador de Frankenstein, já que a criatura que inventei era potencialmente monstruosa: um gato louro de 30 anos (1,82m e 86kg) que trabalhava no Departamento de Arte Contemporânea de Sotheby's, era metade francês, metade americano (tinha um pressentimento de que John era francófilo), graduado pela Stanford e pós-graduado em Sorbonne, tinha dois gatos gigantes (Peretti e Bugatti), amava os Yankees e o Balé da cidade de Nova York, morava em Chelsea e tinha um pau não circuncidado de 20cm.

Quinze minutos depois, duas pessoas, um homem e uma mulher de meia-idade, entraram na galeria. Eles me ignoraram e ficaram em volta das latas de lixo arrastando os pés como caranguejo, daquele jeito que as pessoas se movimentam dentro de uma galeria. Eles olharam curiosa e atentamente para as latas de lixo e conversaram baixinho e sem parar em alemão. Depois de analisar todas, se aproximaram do balcão. Eles pareciam ricos e fascinantes, como os alemães que visitam as galerias sempre parecem ser. O homem estava usando uma jaqueta de camurça castanho-claro por cima de uma camiseta marrom; a mulher usava um vestido de verão estampado (fora de moda) e espadrilha. Os dois usavam óculos escuros.

– Qual é o nome do artista que fez este lixo? – perguntou a mulher.

Não consegui saber se ela estava usando a palavra *lixo* para fins de identificação ou de julgamento.

– Ele não tem nome – falei.

– Não tem nome?

– Isso – respondi. – Ele não tem nome.

– Mas ele tem que ter um nome. Como se chama?

– Você pode se referir a ele como desejar – falei. – O artista acredita que ter um nome influencia a percepção de seu trabalho. Acredita que nomes são estorvos.

– Ah, sim. Entendo – falou ela.

Ela falou alguma coisa para o alemão, que balançou a cabeça e disse:

– *Ja, ja.*
– É bom – falou a mulher. – É puro, não há ego nem vaidade.
– Sim – concordei.
– É possível enviar estes lixos para a Alemanha? – perguntou.
– Sim. Enviamos nossas obras para o mundo todo.
– Que bom – disse a mulher. Falou novamente com o homem em alemão, que mais uma vez respondeu:
– *Ja, ja.*
– Qual é o preço?

Entreguei a ela uma das listas de preço que ficava no balcão e apontei para o preço de cada peça; nenhuma delas tinha nome, mas eram numeradas e custavam 16 mil dólares.

A mulher olhou e em seguida mostrou para o companheiro, apontando o preço com uma unha muito grande e pintada de vermelho.

– Estão todos disponíveis? – perguntou.

Eu disse que sim.

– Nenhum deles foi vendido? – perguntou.
– Há muitos interessados – falei. – Temos alguns nomes. Mas nenhuma venda concreta ainda. Vocês estão interessados em alguma peça em especial?
– Achamos a número 5 muito legal.
– Ah, sim, é a minha favorita – falei.
– Você acha que é a melhor?
– Sim. Se não me engano, também é a favorita do artista.
– Bom – disse a mulher. – Muito bom. Devemos voltar aqui depois. Você tem um cartão para nos dar?

Entreguei a eles um dos cartões da galeria.

– Vocês gostariam de se cadastrar em nossa base de clientes? – perguntei, indicando o livro de visita.

– Ja. Claro. Embora nós provavelmente já façamos parte dela. Ela assinou o livro e devolveu a caneta para mim. Era uma caneta-tinteiro Waterman. Minha mãe achava muito refinado ter uma caneta como essa, mas é claro que as pessoas sempre tentavam ir embora com ela, o que tornava as coisas mais complicadas. Quando qualquer um ia assinar o livro, eu tinha que ficar observando e me certificar de que pegaria a caneta de volta. Sempre achei que pedir que devolvessem a caneta contrariava qualquer aspecto refinado que ela conferia, mas minha mãe estava decidida.

Naquela tarde, quando voltei para a galeria com o lanche de John, minha mãe estava de pé ao balcão mexendo na bolsa. Minha mãe perde muito tempo da sua vida mexendo na própria bolsa. Ela sempre anda com essas bolsas enormes em que guarda de tudo e nunca consegue encontrar nada.

– Meus óculos escuros desapareceram – anunciou. – Assim que encontrá-los, vou embora. Você quer ir caminhando para casa comigo?

– Mas são quatro horas da tarde – falei.

– Sim, e é uma tarde de sexta-feira de julho. Qualquer um que esteja remotamente interessado em arte já deixou a cidade. Isso é para o John? Diga a ele que pode ir embora também.

Eu levei a bebida borbulhante e cara para John.

– Ela disse que você pode ir embora – falei.

Sabia que, pelo olhar atento para o computador, ele estava no eleparaele.com.

– Ótimo – falou. – Irei logo depois de você. Só estou terminando alguns trabalhos.

– Tenha um bom fim de semana.

– Você também.

Minha mãe milagrosamente encontrou os óculos escuros, e nós saímos da galeria, andamos pelo corredor e esperamos o elevador de carga, que é o único elevador do prédio e é conduzido por homens simpáticos que possuem a capacidade de sacanear os funcionários das galerias atrasando-os.

Já na rua, viramos para a esquerda e caminhamos um quarteirão até chegar à autoestrada *West Side*. Esperamos o sinal abrir e caminhamos pelo calçadão que passava sobre o rio Hudson, que estava, a esta hora, repleto de pessoas correndo e andando de patins e bicicleta: um tipo de *happy hour* saudável e com o corpo em movimento.

Mesmo assim era bom andar junto ao rio. Passamos por uma carrocinha vendendo limonada bem gelada, e minha mãe comprou uma para cada um.

– Almoçou com seu pai hoje? – perguntou ela para mim.

– Sim.

– Você contou o que aconteceu comigo?

– Sim.

– Gostaria que você não fizesse isso, James. Ele não precisa saber de cada detalhe da minha vida.

– Eu não acho que seja um detalhe.

– Você entendeu o que eu quis dizer. Aonde ele o levou?

– Ao salão de negociação.

– Meu Deus, não dá nem para conseguir um almoço decente daquele homem. Já deixam mulheres entrarem lá?

– Acho que sim – falei. – Contanto que sejam sócias.

– O que, é claro, elas não são – falou minha mãe. – O que você comeu?

Como algumas pessoas que fazem a maioria de suas refeições em restaurantes, minha mãe está sempre curiosa para saber o que as outras pessoas pediram em restaurantes diferentes.

– Penne – falei. – Com manjericão e tomate heirloom.

— Estava bom?

— Sim — falei. Pensei em contar a ela o que meu pai tinha dito sobre pedir massa, mas decidi omitir.

— Almocei na Florent com Frances Sharpe. Sabia que a filha dela está cursando a Brown?

— Não — falei.

— Pois é — falou minha mãe. — Olivia Dark-Sharpe. Ela está indo para o penúltimo ano. Infelizmente, o passará em Honduras. Parece que Brown tem algum programa lá, no qual se ensina trabalhos manuais aos nativos.

— Não devia ser o contrário?

— Como assim? — perguntou minha mãe.

— Por que o povo de Honduras precisa de alunos da Brown para ensinar como fazer trabalhos manuais?

— Frances me explicou. Parece que os trabalhos manuais que eles desenvolvem lá não são bons. Esse programa lhes ensina a fazer peças que podem ser vendidas no exterior, como bolsas, velas e sabonetes aromatizados.

— Mal posso esperar para chegar ao penúltimo ano.

— Não dê uma de espertinho, James. Frances diz que Olivia adora Brown.

— Adora?

— Sim, adora. O que há de errado com isso?

— Sei lá. Só acho estranho alguém adorar a faculdade.

— Não suporto você algumas vezes, James. Você reluta tanto em demonstrar entusiasmo por qualquer coisa, ou até mesmo em permitir que as outras pessoas demonstrem. É muito irritante e imaturo.

— Isso não é verdade. Eu fico entusiasmado com muitas coisas.

— Como o quê, por exemplo?

— Como aquela casa que lhe mostrei na noite passada.

— Que casa?

– Aquela casa em Kansas. Com camas na varanda.

– Como isso não influencia em nada sua vida, não conta. O que empolga você na vida? O que você adora?

– Eu adoro Trollope. E Denton Welch e Eric Rohmer.

– Quem é Denton Welch?

– Um escritor brilhante. Ele era inglês e queria ser pintor, mas quando tinha cerca de dezoito anos, foi atropelado por um carro enquanto andava de bicicleta. Então, ele se tornou um inválido que não podia pintar e, com isso, começou a escrever.

– Que deprimente. Embora eu admire as pessoas que tiram proveito das adversidades.

– Ele era um escritor incrível. Você não devia tirar sarro dele.

– Não estou tirando – disse minha mãe. – Mas, James, esses são aspectos culturais. Livros e filmes, é fácil gostar disso. É fácil gostar de arte. O que é importante é gostar da vida. Qualquer um gosta da Capela Sistina.

– Eu odeio a Capela Sistina – falei. – Detesto que Michelangelo tenha desperdiçado seu talento para agradar a Igreja Católica Romana.

– Tudo bem, então. Odeie a Capela Sistina. Mas goste de algo real.

– Você não acha que os livros são reais?

– Você entendeu o que eu quis dizer: de algo que não seja uma criação. Algo que exista.

– Eu teria gostado da antiga estação Penn Station, mas ela não existe mais.

– O que acha da Grand Central? A Grand Central Station é maravilhosa e, graças a Jacqueline Kennedy Onassis, ela ainda existe.

– É, eu gosto da Grand Central. Mas não dá para morar lá.

– É claro que não dá para morar lá! Você está querendo dizer que não seria feliz se não morasse na Grand Central? Isso não é um bom sinal, meu amor.

Não respondi. Sabia que minha mãe estava certa, mas isso não mudava o que sentia sobre as coisas. As pessoas sempre acham que se provarem que estão certas, você mudará de opinião.

Caminhamos por um tempo em silêncio e, então, minha mãe falou:

– Tem alguma novidade sobre seu pai?

Pensei em contar-lhe sobre a cirurgia estética opcional do meu pai, o que devia tê-la deixado satisfeita, mas decidi não contar. A única maneira que meus pais têm de descobrir coisas sobre o outro é por Gillian e eu. Já que minha mãe me proibiu de revelar o fracasso que foi seu casamento, não via razão para cooperar. Então, falei:

– Nenhuma.

– Você vai para East Hampton esse fim de semana? – perguntou.

– Acho que não. Estou pensando em visitar Nanette amanhã.

Nanette é minha avó: a mãe da minha mãe. Ela vive em Hartsdale e acho que é minha pessoa favorita. Nós a chamamos de Nanette porque ela acha que soa mais sofisticado do que vó ou vovó e porque também ela foi a substituta da atriz principal (acho que era Debbie Reynolds, mas não tenho certeza) em uma regravação de *No, No, Nanette* nos anos setenta. Por muitos anos, foi comentarista de um programa de TV chamado *O que está dizendo?*. Ela tinha que usar um vestido diferente todo dia, fornecido por uma loja de departamento. Quase sempre se refere a si mesma como "a versão pobre de Kitty Carlisle Hart".

– Faça-me um favor – continuou minha mãe. – Não conte a Nanette sobre mim e Barry. Ela acabará sabendo, e eu gostaria de ter uns dias de paz e tranquilidade antes que ela comece a buzinar no meu ouvido.

– E se ela perguntar?

– Se ela perguntar o quê?

– Sobre você e o senhor Rogers.

– Ela não vai perguntar. Você sabe que ela nunca pergunta sobre mim. Ela nem pensa em mim.

— Se ela perguntar, o que devo dizer? Você quer que eu minta?
— Acredite em mim, James. Ela não vai perguntar.

Naquela noite, eu estava sentado na poltrona da sala de estar com Miró, tentando completar as palavras cruzadas do *New York Times*, das quais minha mãe tinha deixado a quarta parte sem terminar, mas já que era sexta-feira e praticamente impossível terminá-las, eu não estava fazendo muito progresso. Minha mãe tinha ido dormir. Perto das onze horas, Gillian e Herr Schultz chegaram depois de ver algum filme estúpido. Não entendo como pessoas supostamente inteligentes – um professor da Universidade de Columbia e uma aluna da Faculdade Barnard – vão ao cinema para ver um filme como *Piratas do Caribe*. Gillian foi até a cozinha e voltou com uma garrafa de cerveja Peroni para ela e uma coca-cola diet sem cafeína para Rainer Maria.

— Você quer cerveja? – Gillian perguntou, mas ela esperou até que tivesse entrado na sala e sentado para fazer a pergunta, o que subentendia que eu devia dizer que não.

Eu disse (que não).

— O filme é bom? – perguntei.

— É ótimo – falou Gillian. – Pelo menos até a parte que vimos. Mas alguém causou um incêndio no cinema, portanto, tivemos que ir embora. Eles nos deram passe livre.

— Não sei por que você vai ver um filme como esse em uma sexta-feira à noite em Nova York – falei. – É como estar no inferno.

— Vá cuidar da sua vida, James – disse Gillian.

— Não briguem, crianças – falou Herr Schultz. – Já basta lá em casa.

Rainer Maria era casado e tinha muitos filhos surpreendentemente loiros. A mulher dele, Kirsten, ensinava idiomas escandinavos na Universidade de Columbia (tenho certeza de que há muita demanda para essa matéria) e escreveu uma série de romances estrelan-

do um detetive transexual sueco (mulher --> homem). Kirsten estava tendo um caso com o ex-terapeuta. Ela e Rainer Maria tinham um casamento "aberto". (Sei de tudo isso porque Gillian me contou.)
– Adivinhe só – falei para Gillian.
– O que houve? – disse ela.
– O papai vai fazer uma cirurgia plástica nesse fim de semana.
– Que legal. O que ele vai operar?
– Ele vai tirar as bolsas embaixo dos olhos.
– Já estava na hora mesmo – Gillian disse. – Ele está começando a se parecer com Walter Matthau. Isso quer dizer, então, que ele não estará na casa de praia nesse fim de semana?
– Isso – falei.
Ela se virou para Rainer Maria.
– Você quer ir à praia amanhã, meu bem?
– Não – falou ele. – Odeio praia. E, por favor, não me chame de meu bem.
– Você vai para lá? – Gillian perguntou para mim.
– Não – falei. – Vou ver a Nanette amanhã.
– Você é tão esquisito.
– Vai se foder – falei.
– Crianças, crianças – disse Rainer Maria.
– Ué, você não acha esquisito? – Gillian perguntou a Rainer Maria. – Um garoto de dezoito anos que visita a avó?
– Não – disse Rainer Maria. – Vocês americanos têm muito pouco sentimento de família. Na Alemanha, é diferente. Amamos nossos avós.
– Não disse que não deve amá-los – Gillian falou. – Só acho que visitá-los é esquisito. Será tão bom para você quando for para a faculdade, James. Você está precisando sair desta casa.
– Decidi que não vou para a faculdade – falei.
– O quê? Desde quando?
– Desde hoje.

— Como assim você não vai para a faculdade? O que vai fazer, então?

— Estou pensando em me mudar para a região centro-oeste.

— Para o centro-oeste? Centro-oeste de quê?

— Dos Estados Unidos – falei. – Os estados de savana.

— Os estado de savana? Acho que você leu *Minha Antônia* vezes demais.

— Fique quieta, Gillian. Acho que é um ótimo plano para você, James – disse Rainer Maria. – A experiência universitária nos Estados Unidos é uma farsa.

— Olha quem fala – Gillian disse. – Você dá aula em uma universidade.

— Minha querida Gillian, se todo mundo tivesse que acreditar no trabalho que faz, não seria feita muita coisa nesse mundo – disse Rainer Maria.

— Você já conversou com a mamãe sobre isso?

— Comentei com ela.

— Como assim você "comentou"? Como você pode comentar que não vai para a faculdade um mês antes de ir?

— Eu mencionei. Acho que ela pensou que eu estivesse brincando.

— É claro que pensou. Qual é o seu problema? Por que não quer ir para a faculdade?

— Acho que seria perda de tempo, e eu não gostaria das pessoas. Não quero viver com pessoas desse tipo.

— Que tipo?

— Tipo você.

— Acho que seu discurso faz muito sentido, James – disse Rainer Maria.

Gillian bateu nele.

— O que você está dizendo? Ele acabou de falar que não quer viver com pessoas como eu.

— Estou dizendo que seria mesmo uma perda de tempo, e acho que James não gostaria das pessoas. E isso não tem nada a ver com você, minha querida.

Gillian terminou a cerveja e ficou de pé.

— Estou com fome — falou. — Vamos sair para comer alguma coisa.

— Tudo bem — disse Rainer Maria. — Mas vamos a algum lugar silencioso. E barato.

— Vamos ao Primo.

— Primo não é silencioso nem barato — disse R. M.

Levantei-me.

— Vou dormir.

— É, acho melhor você ir descansar mesmo — falou Gillian. — Você terá um longo dia amanhã.

— Vai levar Miró para passear?

— Não — disse Gillian. — Passeei com ele duas vezes hoje, e ele fez cocô nas duas.

— Podem deixar que eu levo o cachorro para passear! — disse Rainer Maria. — Quando eu voltar, você terá pensado em um restaurante melhor, Gillian. Boa-noite, James.

— Boa-noite, Rainer Maria.

Não dei boa-noite a Gillian, e ela não me deu boa-noite.

5

Maio de 2003

Por algumas semanas após a minha volta desastrosa do evento A Sala de Aula Americana, muito pouco foi dito sobre o incidente. Como a polícia esteve envolvida, minha escola foi notificada, e minha orientadora pedagógica, uma senhora com nome infeliz, Sheila, me chamou na sua sala e perguntou se eu queria conversar sobre o que acontecera. É claro que eu disse que não, o que pareceu tê-la deixado aliviada. Falou que, já que o A Sala de Aula Americana era uma atividade extracurricular não associada à escola, ela não tinha motivo para incluir aquela informação no meu histórico acadêmico ou para passá-la a Brown.

– Finja que nada disso aconteceu – falou ela.

Eu disse que, por mim, estava ótimo.

Por algum tempo, pareceu que meus pais adotariam a mesma tática, já que nenhum dos dois tocou no assunto, mas eu sabia que eles só estavam decidindo como lidariam com isso. Desde que meus pais se divorciaram, há essa reação atrasada às minhas transgressões e às de Gillian, porque eles têm de se encontrar e concordar sobre o que fazer e, visto que eles não gostam de se encontrar e raramente concordam, o tempo invariavelmente passa.

Então, em uma noite de maio, minha mãe veio até meu quarto e disse:

— Quero falar com você.

Eu estava sentado ao computador e falei:

— Fale, então.

— Não — disse ela. — Desligue esse negócio. Ou pelo menos vire-se e olhe para mim.

Eu girei a cadeira para ficar de frente para ela. Estava sentada na minha cama. Ela me olhou por alguns instantes, avaliando-me, como se eu fosse um impostor, e falou:

— Eu almocei com seu pai hoje.

Eu não disse nada. Não sabia muito bem aonde isso ia nos levar, mas não consegui imaginar nenhum lugar agradável, portanto, não via motivo para adiantar o assunto.

Minha mãe esperou um pouco e falou:

— Tivemos uma pequena conversa sobre você.

— Uma pequena conversa? — falei. — Um papo, talvez? Um *tête-à-tête*?

— Vou ignorar seus comentários irritantes, James. Tivemos uma pequena conversa sobre você.

— O que há para conversar sobre mim?

— O que não há para conversar sobre você seria a pergunta correta. Ambos estamos preocupados com você. Conversamos sobre isso.

— Por que estão preocupados comigo?

— Por que estamos preocupados? James, você não tem amigos, raramente fala, e parece ter tido algum tipo de surto psicótico no A Sala de Aula Americana que fez com que agisse irresponsável e perigosamente. É isso que nos preocupa.

— Contanto que eu seja feliz, por que vocês devem se preocupar?

Minha mãe se inclinou em minha direção.

– Você é feliz? Você é feliz, James?

Ela fez essas perguntas com certa fúria, com uma aflição perturbadoramente veemente. Isso me assustou. Percebi que ela estava preocupada. Como meus pais normalmente agem tão irresponsavelmente, esqueço que eles se sentem responsáveis por mim e por Gillian. Talvez porque vejam que o divórcio nos decepcionou de alguma maneira (o que, é claro, aconteceu mesmo), eles se sintam ainda mais responsáveis. Acho que é um Trabalho de Sísifo pensar que os dois se mobilizam e se esgotam e, então, evitam conversar o quanto for possível, e depois, no último instante, mudam para o surpreendente modo de superpais. Os olhos de minha mãe estavam esbugalhados e uma veia pulsava em sua testa.

– Não – respondi depois de um tempo. – Não sou feliz.

– É por isso que estamos preocupados com você – falou minha mãe gentilmente. – Estamos preocupados porque você não é feliz. Queremos que você seja feliz. – Ela se sentou.

– Mas quem é feliz? – perguntei. – Acho que ninguém é feliz. Como alguém pode ser feliz num mundo...

– Pare com isso, James. As pessoas são felizes. De vez em quando. Ou então não são infelizes do mesmo jeito que você é infeliz.

– Eu sou infeliz de que jeito? – perguntei.

– De um jeito que nos preocupa. De um jeito que nos assusta.

– Ah – falei. Não conseguia pensar no que dizer.

– Almoçamos – continuou minha mãe, o seu tom parecendo um pouco mais normal. – E falamos sobre você. Achamos que talvez você queira conversar com alguém.

– Conversar com alguém? Você acabou de mencionar minha relutância a falar. Por que eu gostaria de falar com alguém?

– Não estou falando que seria qualquer um – falou minha mãe. – Estou falando de um médico. Um terapeuta. Um psiquiatra.

Alguém desse tipo. Você pode fazer isso, James? Por mim? E pelo seu pai? Apenas... apenas deixe de rejeitar as coisas por um momento e vá conversar com essa mulher.

– Ela é uma mulher?

– Sim, é uma mulher.

– Quem a escolheu?

– Seu pai. Sabia que você rejeitaria logo de cara se fosse alguém que eu tivesse sugerido.

– Você tem que admitir que seu histórico de terapeutas não é muito bom.

Minha mãe não falou nada.

– Qual é o nome dela?

– Rowena Adler. Doutora Rowena Adler. Ela é psiquiatra.

– Rowena? Você está me mandando para uma psiquiatra chamada Rowena?

– O que há de errado com Rowena? É um nome perfeitamente normal.

– Se você estiver em uma ópera de Wagner, é normal mesmo. Não acha que é um pouquinho alemão demais?

– Deixe de ser ridículo, James. Você não pode rejeitar essa médica por conta de hereditariedade. Seu pai falou com várias pessoas e parece que ela é muito boa.

– Isso é reconfortante. Uma psicóloga aprovada pelos colegas loucos do papai.

– Seu pai tem contatos. Ele conseguiu encontrar o melhor advogado para nosso divórcio. Por que ele não seria capaz de encontrar a melhor psiquiatra? Ele se esforçou muito e perdeu muito tempo atrás disso, e você sabe como isso não é típico dele. A doutora Adler foi muito bem recomendada pelas pessoas que entendem do assunto. Na verdade, a especialidade dela é...

– Qual é? Qual é a especialidade dela? Garotos de dezoito anos quietos e infelizes?

– Isso – minha mãe falou. – Na verdade, é exatamente essa a especialidade dela. Ela trabalha com adolescentes perturbados.

– Ah, então é isso que eu sou? Não soa politicamente correto. Eles não conseguem inventar algo melhor? Eu não posso ser um adolescente especial? Ou um adolescente diferentemente capacitado? Não posso...

Minha mãe esticou o braço e tapou minha boca com a mão.

– Pare – falou ela. – Pare com isso.

A mão dela sobre meu rosto pareceu estranha. Senti uma intimidade estranha. Não consigo me lembrar da última vez em que ela me tocou. Ela ficou com a mão lá, tapando minha boca, por um bom tempo. Depois, tirou a mão.

– Desculpe – falou. – Não devia... É que...

– Não. Você está certa. É verdade.

– O que é verdade? – perguntou minha mãe.

– Eu estou perturbado – falei. Pensei sobre o que aquela palavra significava, o que realmente significava estar perturbado, sobre como um lago é perturbado quando se joga uma pedra em suas águas ou sobre como é possível perturbar a paz. Ou como é possível ficar perturbado com um livro ou um filme, com uma floresta em desmatamento ou com o derretimento das calotas polares. Ou com a guerra do Iraque. Esse foi um daqueles momentos em que parece que você nunca tinha ouvido a palavra antes e que não acredita que ela signifique o que significa, e você começa a pensar em como essa palavra passou a significar aquilo. Como um sino ou algo do tipo, brilhante e puro, *perturbado, perturbado, perturbado*. Eu podia ouvi-lo ressoar com seu significado verdadeiro, e falei, como se tivesse acabado de compreender:

"Eu estou perturbado."

Fiquei decepcionado com o consultório de Rowena Adler. Tinha imaginado que ficaria em uma vila feita de arenito, de frente para o jardim, com mobília moderna dinamarquesa, tapetes orientais no piso de parquete e quadros abstratos de bom gosto pendurados nas paredes. Imaginei que ela se sentaria em uma cadeira grande e giratória e eu me sentaria de frente para ela, ou então me deitaria em um divã ao lado dela. Talvez ela tivesse um cachorro ou gato, um cachorro velho ou um gato velho, que dormiria a seu pé, mas a conheci em uma sala do Centro Médico da Universidade de Nova York, construído em um trecho esquecido da Primeira Avenida. Tive que ficar esperando em uma sala sem janelas, onde havia cadeiras de plástico alinhadas e interconectadas, tipo aquelas que normalmente se encontram em rodoviárias. Havia um galão de água, mas estava vazio. Há algo inerentemente deprimente em um galão de água vazio, não está metade vazio nem metade cheio, está simplesmente vazio. Pensei que se eu fosse um psiquiatra e tivesse um galão de água na minha sala de espera, me certificaria de que sempre estivesse cheio.

Essa sala obviamente servia como sala de espera para vários outros profissionais da saúde, mas fiquei um pouco decepcionado em pensar que a doutora Adler não pudesse bancar seu próprio consultório, com uma entrada particular em uma sala de espera particular. Era como ir ao dentista, se o dentista fosse em uma clínica pública de saúde no terminal de ônibus Port Authority.

Uma mulher sentou na minha frente comendo um sanduíche de atum super-recheado. Havia tanto atum no sanduíche da mulher que o recheio ficava escorrendo para o papel-manteiga que esticou no próprio colo. Ela pegou um punhado com os dedos e colocou na boca. Dava para ver que ela estava tentando manter a elegância, mas é claro que a inerente porquice daquela ação tornava isso impossível.

Uma mulher apareceu na porta. Embora só estivéssemos eu e a senhora do sanduíche de atum, a mulher deu uma olhada pela sala como se estivesse repleta de pessoas e disse:

– James? James Sveck?

– Sim – falei. Fiquei de pé e me aproximei dela. Ela estendeu a mão e eu a cumprimentei. Era muito fria e magra.

– Eu sou a doutora Adler – falou. – Acompanhe-me, por favor.

Eu a segui por um corredor deprimente até chegar em uma sala estreita e sem janela que parecia ter sido de um contador. Na verdade, me lembrava um pouco o cubículo de Myron Axel, repleto de pilhas de papel esperando para serem arquivadas, xícaras com café da semana passada transformadas em experimentos científicos e uma ninhada de guarda-chuvas quebrados descansando debaixo da mesa.

Eu devo ter aparentado toda a surpresa que senti ao entrar no consultório dela, porque Rowena Adler olhou para o entulho de utilitários que estava perto dela e disse:

– Desculpe a bagunça. Eu já estou tão acostumada que me esqueço de como é feia.

Ela se sentou e falou:

– Prazer em conhecê-lo, James.

Eu agradeci, como se ela tivesse feito um elogio. Eu não podia dizer que era um prazer conhecê-la também. Detesto dizer coisas esperadas como essa, esse tipo de linguagem morta e sem sentido.

– Por que não se senta ali? – perguntou, indicando uma cadeira de metal de dobrar que não parecia nada confortável. Era a única outra cadeira da sala, mas ela falou como se houvesse várias outras e tivesse escolhido aquela especialmente para mim.

Ela estava sentada em uma cadeira de escritório de rodízio, forrada com tweed, que estava de costas para a mesa dela. A sala era tão pequena que nossos joelhos quase se encontraram. Ela se inclinou para trás, aparentemente para ficar mais confortável, mas tinha quase certeza de que, na verdade, era para se afastar de mim.

– Normalmente atendo meus pacientes no consultório do centro da cidade, mas não posso sair daqui às quintas-feiras, e queria vê-lo o quanto antes.

Não gostei do jeito com que ela me chamou de paciente, ou que tivesse insinuado que eu era um paciente, apesar de que, já que ela era uma médica e eu estava me consultando com ela, não sei o que mais eu poderia ser. "Clientes" daria a impressão de que isso era um negócio, mas ela podia simplesmente ter dito "pessoas" e, então, pensei que estava errado por me sentir ofendido. Não há nada de vergonhoso em ser um paciente, já que ninguém traz a doença para si sozinho; é uma característica não escolhida – câncer e tuberculose não são características da personalidade das pessoas (li *A doença como metáfora*, de Susan Sontag, na minha aula de ética moderna na primavera passada) e, então, pensei: "Bem, talvez com a psiquiatria seja diferente, porque se alguém é maníaco-depressivo, paranoico ou compulsivo sexual, é uma característica da personalidade dessa pessoa, ou pelo menos está intrinsecamente ligada à personalidade. E essas coisas devem ser ruins, porque se não fossem, elas não seriam tratadas. Portanto, ser paciente nestas circunstâncias era uma indicação de algum tipo de falha de personalidade ou..."

– Então, James – eu a ouvi dizer de repente –, o que o traz aqui?

Esta me pareceu uma pergunta idiota. Quando se vai ao dentista, se diz que está com dor de dente, ou quando se vai a uma joalheria, pede-se para instalarem uma nova bateria em seu relógio, mas o que se diz quando se vai ao psiquiatra?

– O que me traz aqui? – repeti a pergunta, esperando que ela a reformulasse com clareza.

— Isso. — Ela sorriu, ignorando explicitamente o meu tom. — O que o traz aqui?

— Acho que se eu soubesse o que me traz aqui, não estaria aqui — falei.

— Onde você estaria?

— Temo não saber — falei.

— Você teme?

Percebi que ela era uma dessas pessoas irritantes que entende literalmente tudo o que se diz.

— Eu falei errado — disse. — Não temo. Eu simplesmente não sei.

— Tem certeza?

— Certeza de quê? De que não sei ou de que não temo?

— Qual dos dois você acha que eu quis dizer?

— Não faça isso, por favor — falei.

— É para eu não fazer o quê?

Pensei que no ritmo em que repetíamos as palavras um do outro, não chegaríamos muito longe em quarenta e cinco minutos.

— Por favor, não responda uma pergunta com uma pergunta, com esse jeito típico de terapeuta.

Sem esboçar qualquer reação ou hesitação, ela falou:

— O que você acha de terapia?

Achei que estivéssemos em alguma competição para ver quem conseguia irritar o outro primeiro. Isso não parecia nada terapêutico para mim, mas eu estava decidido a vencer.

— Acho que a terapia é uma noção equivocada das sociedades capitalistas, na qual a análise para satisfação própria da vida de alguém substitui a vivência real de tal vida.

Não fazia ideia de onde tinha vindo isso — talvez tenha lido ou ouvido em algum filme?

— Dita vida? — perguntou.

— Não. De tal vida.

— Ah, pensei que você tivesse falado "dita".

– Não, eu falei "*de tal*".
– Só falei que entendi errado o que você disse. Não quis dizer que você não tinha dito aquilo.
– Que bom que esclarecemos esse assunto – falei.
Ela olhou atentamente para mim por algum tempo e, em seguida, falou:
– Então, por que você está aqui?
– Essa não é apenas outra maneira de perguntar o que me traz aqui?
– Sim – falou. Ela deu um sorrisinho.
– Mas eu já lhe falei que não sei o que me trouxe aqui.
– Então você não sabe por que está aqui?
– Mesma resposta de antes.
– Você não faz a menor ideia do motivo pelo qual está aqui?
– Estou aqui porque meus pais quiseram que eu viesse aqui.
– Então, você sabe por que está aqui?
Eu não falei nada. Parecia inútil, como tentar conversar com um papagaio ou com alguém que foi lobotomizado. Comecei a me perguntar se a doutora Adler realizava lobotomias. Ela era, afinal, uma doutora da medicina. Mas achava que neurocirurgiões realizassem lobotomias, não psiquiatras. Se é que elas ainda são realizadas. Sou fascinado pela ideia de lobotomias, pela ideia de abrir um cérebro, fazer alguns pequenos cortes e depois fechá-lo novamente, como consertar um carro ou algo do gênero. E a pessoa acorda e fica um pouco idiota, mas idiota em um sentido feliz e sem problemas. Também sou fascinado por terapia de choque; por todas essas coisas que são feitas para modificar o cérebro das pessoas. Quando éramos crianças, Gillian e eu costumávamos brincar de um jogo chamado *Hospício*. Gillian era a médica e eu era o paciente, e ela aplicava tratamento de choque em mim. Ela umedecia minha testa com uma bola de algodão encharcada de antisséptico bucal, empurrava seu protetor de boca de hóquei

para dentro da minha boca e prendia os fones de ouvido em mim. Quando ligava o fio no aparelho de som, eu deveria ficar duro, revirar os olhos e chacoalhar epileticamente, e Gillian me seguraria e diria:

– ZZZZZZZZZZZZZZZZZZZZZZZZZZZZZZZZZ.

É estranho como as crianças incorporam algumas facetas da vida real em suas brincadeiras. Comecei a pensar nisso, a pensar sobre como queríamos assumir os aspectos mais sombrios da vida adulta: brincávamos de escritório, de loja, de hospício. Então, tomei consciência de que a doutora Adler estava dizendo alguma coisa.

– O quê? – perguntei.

– Nosso tempo acabou – disse ela. – Vejamos... O que acha de terça-feira? Você está livre na terça-feira?

– Estou – falei.

– Ótimo. Vamos nos ver na mesma hora, mas no meu consultório do centro da cidade. Aqui está o endereço. – Ela me passou um cartão de visita.

Fiquei tentando descobrir como a sessão tinha acabado tão rápido. Queria olhar para o meu relógio, mas eu não podia me deixar fazer isso na frente dela. Para mim, ela estava agindo normalmente, como se todas as sessões de psiquiatria durassem dez minutos e a maior parte do tempo fosse gasto repetindo o que o outro dizia ou em silêncio.

– Assim está bom para você? – perguntou.

– Está – falei.

– Ótimo. Vejo você lá, então.

Ela abriu um sorriso para mim, como se tivéssemos tido um papo superagradável. Então girou sua cadeira, ficando de costas para mim, claramente para me dispensar.

6

Sábado, 26 de julho de 2003

PEGUEI O TREM DA LINHA DE HARLEM QUE SAÍA DE GRAND CENTRAL ÀS 10:23 e que chegava às 11:03 em Hartsdale. Dava uma caminhada de cerca de vinte minutos até a casa da minha avó em Wyncote Lane, 16. Ela mora em uma casa estilo tudoriano que foi construída nos anos 1920 e que milagrosamente ainda possuía todas as características artesanais originais. Ninguém arrancou os lambris de mogno, colocou carpete nos pisos de mosaico nem trilho lateral de alumínio por cima da fachada de tijolo, gesso e pedra. A casa não tem ar-condicionado, mas como é cercada por muitas sombras de árvores antigas e possui paredes grossas de pedra, fica bastante fresca. O que mais gosto nela é que cada portal da casa é arredondado na parte de cima, e cada porta possui o mesmo formato, lindas portas de madeira almofadadas que se ajustam perfeitamente às padieiras abobadadas. Ela passa a sensação boa (e rara) de que, quem quer que a tenha construído, amou fazê-lo e não estava com pressa.

Quando cheguei, a porta da frente estava aberta e espreitei pela porta de tela. A casa estava escura, fresca e silenciosa; havia um vaso com dálias na mesa do salão da frente, perto de uma pilha com três livros de biblioteca. Inclinei meu rosto para mais perto e gritei, pela porta de tela:

– Nanette!

Depois de algum tempo, a ouvi descer as escadas e, então, pude avistá-la: primeiro seus pés, depois as pernas e, em seguida, o resto do seu corpo apareceu vagarosamente. Minha avó sempre desce as escadas devagar, virada de lado, o quadril à frente, uma mão no corrimão, e seus pés postos horizontalmente nos degraus. Ela diz que uma mulher nunca deve dirigir-se escada abaixo olhando para frente, ao menos que queria parecer um burro de carga. Minha avó é uma devota ferrenha da etiqueta; é o mais perto que ela chega de algum tipo de religião.

– James – falou ela quando terminou de descer a escada (ela também acredita que não é educado falar quando se está descendo ou subindo a escada). – Pressenti que o veria hoje. Acordei hoje cedo e a primeira coisa que pensei foi que não me surpreenderia se você viesse me visitar.

Ela abriu a porta.

– Entre, mas tome cuidado com o piso. Acabei de lavá-lo, e deve estar escorregadio.

Parei na porta da frente.

– Por que lavou o chão em uma manhã de sábado?

– Porque é um dia como outro qualquer. Não é engraçado que eu soubesse que você vinha? Devo ser vidente.

– Bem, eu de fato mencionei para você na quarta-feira que viria visitá-la hoje – falei.

– Você falou? Sério? Não me lembro disso, não. Então não tenho nada de vidente. De qualquer forma, da próxima vez em que isso acontecer, seja um bom menino e não me conte. Faça as vontades de uma velha senhora. Você quer suco ou café? Ou ovos e bacon? Você tomou café da manhã?

– Eu aceito – falei. – Um pouco de café seria ótimo.
– Deixe-me coar um fresquinho, então.

Ela caminhou pelo corredor até a cozinha, que era perfeita, com prateleiras de fórmica rosa vazias, que continham apenas as latas de FARINHA, AÇÚCAR E CAFÉ. Tudo está sempre arrumado na cozinha da minha avó, inclusive as coisas da geladeira e dos armários. Ela tem uma dessas geladeiras antigas, apenas uma porta que você abre puxando uma manivela.

– Sente-se – disse ela. – O jornal está ali, se quiser.

Ela abriu a lata de café e começou a fazê-lo. Folheei o jornal que, por ser sábado, estava muito fino. No entanto, reparei que minha avó tinha completado as palavras cruzadas, o que nem mesmo minha mãe consegue fazer aos sábados. (Elas ficam cada vez mais difíceis com o passar da semana.)

Minha avó se virou enquanto coava o café na pia.

– Quando sua mãe chega?
– Ela já chegou – falei.
– Pensei que eles fossem ficar lá uma semana.
– Eles iam. Mas ela veio para casa antes. Na quinta-feira.
– Bem, isso mostra que tem bom senso. O senhor Rogers já foi morar com vocês?

O senhor Rogers tinha vindo morar conosco há dois meses, quando minha mãe aceitou se casar com ele, o que aconteceu seis meses após conhecê-lo. Felizmente, ele ainda não tinha vendido seu apartamento; estava esperando o mercado melhorar.

– Sim, ele já foi morar conosco – falei.

Não acreditei que tinha respondido honestamente essas perguntas e que ainda não tinha divulgado a novidade principal.

– Bem, tenho pena de você, James. Eu não gostaria de morar em uma casa com aquele homem. Mas você sairá de lá em breve, não sairá?

Em vez de responder a pergunta, falei:
– Qual é a sua opinião acerca da faculdade?
– Que faculdade? Brown?
– Não, sobre faculdade em geral.
– Bem, não tenho muito o que falar, já que não frequento uma faculdade há, deixe-me pensar, sessenta anos. Não, o que estou falando? Estou com oitenta e um, então, são cinquenta e sete anos.
– Mas você acha que valeu a pena ir para a faculdade? Foi uma experiência boa?
– Acho que foi, sim. Embora não me lembre de nada que aprendi. A não ser o latim, e só me lembro porque as freiras literalmente martelavam o idioma na gente e porque o uso às vezes nas palavras cruzadas.
– Havia freiras em Radcliffe?
– Sim, era uma universidade de freiras.
– Tem certeza? Radcliffe?
– Talvez tenha sido no segundo grau.
– Mas você não é católica – falei. – Acho que você nunca foi a uma escola de freiras.
– Bem, eu me lembro nitidamente de freiras andando para cima e para baixo entre as fileiras de carteiras enquanto recitávamos latim. Talvez tenha sido algum espetáculo de que participara, mas acho difícil, pois freiras não batem em crianças em musicais.

Percebi que estávamos fugindo do assunto, o que quase sempre acontece nas conversas com minha avó, e, então, falei:
– Mas você acha que os quatros anos que passou em Radcliffe foram válidos?
– Bem, se eu não tivesse ido para Radcliffe, não teria conhecido seu avô, o que seria uma pena. E eu não entraria no *show business* porque, como você sabe, meus pais me proibiram de me apresentar em público até que tivesse um diploma de mestrado, já que achavam que eu era muito burra e preguiçosa para conquistar

um diploma de mestrado. Então, sim, acho que ir para a faculdade foi uma coisa boa para mim.

— Não sabia que você tinha diploma de mestrado.

— Ah, tenho sim — falou minha avó.

— É em quê?

— Ah, eu sempre me esqueço. Algo inofensivo como sociologia. Ou, talvez, antropologia.

— Você fez amigos lá?

— Meu Deus, não. Somente garotas sérias frequentavam Radcliffe naquela época. Garotas sérias e letradas que usavam óculos e meias de lã. Um grupo nada atraente. Sempre desejei ir para a Universidade Sweet Briar, como minha irmã Geraldine. As meninas de lá eram alegres e simpáticas, e parecia que nunca tinham lido um livro. Mas, James, isso tudo foi há tanto tempo. As faculdades são bem diferentes hoje em dia. Você devia perguntar a Gillian, e não a mim.

Minha avó tirou duas xícaras e dois pires do armário, colocou-os na mesa da cozinha, tirou o leite da geladeira, despejando-o em um recipiente, tirou a cafeteira da tomada e despejou café em cada xícara. Ela devolveu a cafeteira ao balcão, colocou-a de volta na tomada, abriu uma gaveta e pegou dois guardanapos de linho, os quais colocou em cima da mesa. Perguntou-me se queria um biscoito, falei que não, e, então, se sentou.

Colocou leite no café e mexeu, depois empurrou o creme e o açúcar em minha direção e disse:

— Aonde você está querendo chegar? Está pensando em não ir para a faculdade, James?

— Isso — falei. — Como você sabia?

— Talvez eu seja vidente, no final das contas — respondeu.

— E você acha que eu devo ir para a faculdade?

— Acho que eu devia saber o que você faria se não fosse, mas não vejo motivo para você se interessar pelo que acho.

– Bem, eu me interesso. Não perguntaria se não me interessasse.
– Por que você não quer ir para a faculdade?

Ela era a terceira pessoa a me fazer essa pergunta em tão poucos dias, e percebi que estava ficando pior em respondê-la, em vez de melhor. Minha avó esperou pacientemente pela resposta. Fingiu que havia algumas migalhas na mesa que precisavam ser removidas.

Depois de alguns minutos, respondi:

– É difícil explicar por que não quero ir. Tudo que posso dizer é que não há nenhum atrativo para eu ir. Não quero fazer parte desse tipo de ambiente social. Convivi com pessoas da minha idade a minha vida inteira e não gosto delas, e acho que não tenho muita coisa em comum com elas. Acho que tudo que quero saber posso aprender lendo livros, e é basicamente isso que se faz na faculdade mesmo, e acho que posso fazer isso por conta própria, sem gastar tanto dinheiro em algo que não acredito ou quero. Eu poderia fazer outras coisas muito melhores com o dinheiro do que ir para a faculdade.

– Como o quê, por exemplo?

Não respondi, porque, de repente, ficou claro pra mim, por um ou dois segundos, que parte dessa minha falta de vontade de ir para a faculdade se devia simplesmente ao desejo de não avançar, já que amava onde estava no momento, e percebi isso com muita certeza e entusiasmo. Queria ficar sentado ali, na cozinha da minha avó, bebendo café passado na hora em xícaras de café e não em copos de papelão com bordas dobradas, sentado em sua cozinha perfeitamente arrumada com a porta dos fundos aberta, de maneira que um pouco de brisa corria pela casa, com o relógio elétrico de cima da pia zumbindo silenciosamente dia e noite, e o piso de linóleo, desgastado de tantos anos de lavação e limpeza, liso como couro. Minha avó estava sentada na minha frente com um vestido que provavelmente comprara há quarenta anos e que usou umas mil vezes desde então, me escutando, parecendo me aceitar de um jeito que mais ninguém fazia, e o sábado de verão seguro acontecendo do lado de fora, ao nosso redor, e o mundo não totalmente violado pela estupidez, pela intolerância e pelo ódio.

– O que você gostaria de fazer? – perguntou minha avó.

– Eu gostaria de comprar uma casa – falei. – Uma casa legal, em alguma cidadezinha do centro-oeste, uma casa como esta, uma casa antiga, com objetos como estes.

Estiquei o braço e encostei-me à portinha de metal que se abria para um tipo de cofre embutido na parede, que tinha uma porta equivalente do lado de fora, onde o leiteiro (quando ainda existia leiteiro) colocava garrafas de vidro de leite ou creme e levava as garrafas vazias, de modo que o leite fresco estivesse lá toda manhã, aguardando nos muros da casa.

– O que você faria nessa casa?

– Eu leria. Leria muito, leria todos os livros que quisesse ler, mas não consegui ler por causa da escola, e arrumaria um emprego, trabalhando em uma biblioteca, como guarda noturno ou algo do tipo. Aprenderia alguma arte artesanal, como encadernação, tecelagem ou carpintaria, e produziria coisas, coisas bonitas, e tomaria conta da casa, do jardim e do quintal.

A ideia de trabalhar em uma biblioteca me atraía muito, já que trabalharia em um lugar onde as pessoas tinham que sussurrar e só falavam quando necessário. Se o mundo fosse sempre assim...

– Mas você não se sentiria sozinho? Morando tão longe? Vivendo entre estranhos?

– Não me importo de me sentir sozinho – falei. – Sou sozinho agora, aqui, morando em Nova York. E essa sensação fica pior ainda aqui em Nova York, porque se vê pessoas interagindo onde quer que vá, o tempo todo. Constantemente.

– Só porque as pessoas interagem, não quer dizer que elas não sejam sozinhas.

– Eu sei – falei.

— Se eu fosse você, pegaria o dinheiro e viajaria. Vá para o México. Vá para a Europa. Vá para Timbuktu.
— Não acredito em viagens. Não acho que sejam naturais. Acho que agora ficou muito fácil viajar. Não quero ir a nenhum lugar que não possa ir andando.
— Quer dizer que você vai andando até Kansas?
— Eu adoraria. Penso que o único jeito de conhecer um lugar de verdade é andar por ele. Ou, pelo menos, permanecer no chão, seja de carro ou de trem. Mas acho que andar é melhor. Dá a verdadeira noção de distância.
— Não entendo você, James. Você é tão decidido em tornar sua vida impossível. Isso não é um bom sinal. A vida já é complicada o suficiente, sabe?
— Sei – falei. – Mas eu não... só porque não quero ir para a faculdade, ou não quero ir para o México, não quer dizer que estou tornando minha vida impossível.
— Mas você também não a está tornando fácil.
Minha avó levantou-se e levou a xícara de café vazia até a pia. Lavou a xícara e o pires na pia e os secou com um pano de prato que ficava pendurado no braço levantado da geladeira. Em seguida, os guardou com cuidado no armário, nos espaços reservados para eles.
— Quer mais café? – perguntou.
— Não, obrigado – falei.
Ela tirou a cafeteira da tomada e despejou o café quente na pia. Em seguida, enxaguou a pia e a lavou com uma esponja e sabão.
— Você acha mesmo que estou tornando minha vida impossível? – perguntei a ela. – Acha que devia esquecer tudo isso e ir para a faculdade?
Ela largou a esponja e secou as mãos úmidas com o pano de prato. Virou-se para mim e ficou me olhando por algum tempo. Percebi que tinha falhado com ela, ou a decepcionado, de alguma

maneira. Ou que tinha quebrado alguma regra de etiqueta que não sabia que existia.

Minha avó pendurou o pano de prato e disse:

– Vamos esquecer do futuro por enquanto... é tão desanimador. Está quase na hora do almoço. Vamos pensar sobre isso. O que acha de salada de ovo?

Sempre gostei da salada de ovo da minha avó. Ela coloca pedaços de torrada com manteiga. Todo mundo acha nojento, mas nós dois gostamos.

– Salada de ovo, para mim, está ótimo – falei.

– Que bom – disse minha avó. – Para mim também.

7

Maio de 2003

O CONSULTÓRIO DA DOUTORA ADLER NO CENTRO DA CIDADE ERA MAIS agradável do que o espaço no Centro Médico, mas não era o paraíso ensolarado que eu tinha imaginado. Era um dos consultórios bem pequenos e escuros de um conjunto do que presumi que fossem vários consultórios pequenos e escuros no térreo de um edifício na Rua 10. Além da sua mesa e cadeira, havia um divã, outra cadeira, uma figueira e algumas peças de tecelagem aparentemente folclóricas na parede. E uma estante com livros entediantes. Sabia que eram livros de não ficção porque os títulos eram todos divididos por dois pontos: *Blá-blá-blá: O blá-blá-blá de blá-blá-blá*. Havia uma janela que dava provavelmente para uma tubulação de ar, porque a persiana de palha estava baixada de um jeito que indicava que nunca tinha sido levantada. As paredes foram pintadas de um amarelo pálido, em uma tentativa óbvia (mas infeliz) de "iluminar" a sala.

A doutora Adler sentou-se em sua cadeira e indicou a outra para mim, o que foi um alívio, porque eu não ia deitar no divã. Já tinha visto muitos filmes de Woody Allen e tirinhas do *New Yorker* para fazer isso.

Dessa vez, ela estava diferente: menos desleixada, mais elegante, quase refinada. Estava com o cabelo preso e usava um vestido de verão sem manga, que revelava os braços bastante musculosos. Ela deve jogar tênis, pensei. Ou fazer lançamento de peso.

Ela cruzou as pernas e uniu as duas mãos no colo com os dois dedos indicadores juntos e levantados em forma de torre. Sorriu para mim.
– Então – falou. – Aqui estamos nós novamente.
Eu ia corrigi-la, porque não estávamos *aqui* novamente. Estávamos nos encontrando novamente, mas como nosso primeiro encontro tinha sido em um lugar diferente, dificilmente poderíamos estar aqui *novamente*. Mas sabia que se falasse isso, começaríamos a discutir como fizemos na última sessão, e eu não estava a fim disso. Então, perguntei:
– Por que você não tem nenhum romance?
– O quê? – perguntou ela.
Indiquei a estante com a cabeça, que estava atrás dela.
– Reparei que não tem nenhum livro de ficção em sua estante. Estava me perguntando por quê.
Ela se virou e analisou os livros, como se eu estivesse mentindo. Em seguida, virou-se para mim.
– Por que pergunta isso? – perguntou.
– Você precisa perguntar isso? Não pode simplesmente responder a pergunta?
– Este é o meu consultório – falou. – É o lugar onde trabalho. Guardo aqui os livros relacionados ao meu trabalho.
– E os romances não estão relacionados ao seu trabalho?
– Fique à vontade para concluir isso.
Eu não disse nada. De repente, me senti triste. Sabia que estava sendo hostil, mas não conseguia parar.
Depois de um tempo, ela falou:
– Na verdade, você está enganado. Eu tenho um livro de ficção aqui.
Ela girou a cadeira e curvou-se para pegar um livro da prateleira de baixo. Virou-se de volta e me mostrou: era uma edição antiga em brochura de *A época da inocência*.

— Guardo aqui para ler — falou. — No caso de algum paciente não aparecer ou estar atrasado.

Não sabia o que dizer. Senti-me envergonhado, e ainda me sentia triste e perdido.

A doutora Adler colocou o livro no chão, ao lado da própria cadeira, como se quisesse que ficasse visível, quase o incluindo em nossa sessão. Em seguida, juntou as mãos no colo e olhou para mim.

— Você já leu Trollope? — perguntei.

— Acho que não — respondeu. — Embora tenha a impressão de que li algo dele na faculdade.

— E Proust?

— Não, não li Proust. Isso é um problema para você?

— Não. Só estava me perguntando. Também não li Proust. Alguém me falou para ler Proust somente após ter me apaixonado e desapaixonado.

Na verdade, quem me contou isso foi John Webster. Tinha planejado ler *Em busca do tempo perdido*, ou *À la recherche du temps perdu*, durante o verão, mas no primeiro dia em que levei *No caminho de Swan* para a galeria, ele tomou de mim e disse que era um crime ler Proust na minha idade. Ele me fez prometer que não leria até ter encontrado e perdido um amor. Tenho que admitir que fiquei um pouco aliviado, porque achei o livro difícil, mas tinha lido apenas trinta páginas.

— Entendo — observou ela.

Detesto quando as pessoas dizem "Entendo". Não quer dizer nada e acho hostil. Quando alguém me diz "Entendo", acho que está dizendo mesmo "Vá se fuder". Ia perguntar o que ela tinha entendido, mas percebi que não ia nos levar a lugar nenhum. Portanto, eu não disse nada.

Depois de alguns momentos de silêncio, ela falou:

— Como está se sentindo hoje?

Percebi que estar no consultório da psiquiatra e ela me perguntar como me sentia me deixara triste, então, falei:
— Estou triste.
Por alguma razão, fechei os olhos.
— É mesmo? – ela perguntou.
— É – falei.
Depois de um tempo, ela perguntou:
— Você sabe por que está triste?
Abri os olhos. Embora tivessem sido apenas alguns segundos, parecia que tinha ficado ausente por um bom tempo, apesar de tudo continuar na mesma. A doutora Adler me observou pacientemente, da maneira como um psiquiatra observa um paciente, com o rosto perfeitamente desprovido de qualquer expressão, exceto por um pequeno sinal de preocupação. Depois de algum tempo, ela falou:
— Há quanto tempo se sente assim?
Sei que ela perguntou em termos gerais, mas não podia dizer "desde sempre". Não podia dizer quantos dias, meses ou anos. Não era como se eu tivesse acordado uma manhã com febre.
— Por um bom tempo – falei.
— Dias? – perguntou. – Semanas? Meses? – Ela fez uma pausa.
— Anos?
— Anos – respondi.
— Sei que seus pais são divorciados. Você acha que sua tristeza está ligada a isso?
— Bem, o divórcio com certeza não ajudou.
— Quer dizer que você estava triste antes disso?
— Sim – falei –, e gostaria que você me dissesse o que mais sabe sobre mim. Presumo que tenha falado com meu pai.
— Falei. Na verdade, falei com seu pai e com sua mãe. Mas muito rapidamente.

— O que eles lhe contaram?

— Contaram-me que estavam preocupados porque você não parecia estar feliz. Contaram-me que é antissocial e solitário. Eles também mencionaram o incidente no Na Sala de Aula Nacional no mês passado.

— Era A Sala de Aula Americana — falei.

Ela fez uma cara de tanto faz.

— O que eles contaram sobre isso?

— Eles disseram que você teve problemas para lidar com uma dinâmica de grupo e que teve uma experiência de pânico.

— Uma experiência de pânico, é esse o nome?

— Estas são minhas palavras, provavelmente. Você expressaria de outra forma?

— Não — falei. — Isso resume bem.

— Você acrescentaria alguma coisa?

— Você quer saber se tem mais alguma coisa errada comigo?

— Você acha que há uma lista de coisas erradas com você?

— Você não consegue parar com isso, não é?

— Parar com o quê?

— De responder perguntas com perguntas. É exatamente o que um terapeuta faria.

— E *sou* uma terapeuta, James. Uma psiquiatra, na verdade. Uma médica. Não estou aqui para conversar com você da maneira que julga mais apropriada. Acho que sabe disso.

Eu não disse nada para que não parecesse ressentido.

— Você sabe disso? — perguntou.

— Sim — respondi. — Sei sim. É só que...

— O quê?

— Quando você faz isso, me responde desse jeito, parece tão idiota. É tão previsível. Quer dizer, eu podia fazer isso. Sei exatamente o que vai dizer. Podia ficar em casa e replicar nossa conversa.

— Então, por que você está aqui? Por que está perdendo seu tempo? O meu tempo?

— Não sei. Acho que porque meus pais quiseram que eu viesse. Essa é a maneira que eles têm de tentar me ajudar, e quero que eles pensem assim.

— Assim como?

— Que estão me ajudando.

— Então, você não acha que isso irá ajudá-lo?

— Eu não falei isso.

— Eu sei. Mas você insinuou. Pelo menos, acho que insinuou. É por isso que estou lhe perguntando.

Percorri os olhos pelo consultório. Sei que parece terrível, mas fui desencorajado pela mediocridade, pela falta de originalidade daquilo. Era como se houvesse um catálogo que ensinasse os terapeutas a decorar um consultório: móveis, carpetes, enfeites de parede, e até a figueira parecia deprimentemente genérica. Como um daqueles papéis comprimidos que, quando colocados na água, incham e se transformam em uma flor de lótus. Este era um consultório de psiquiatra inchado.

— Como posso saber se isso vai me ajudar? É como perguntar a alguém que está tentando atravessar o Canal da Mancha a nado se vai conseguir. Não há como saber.

— É, mas essa pessoa deve acreditar que pode atravessá-lo. Caso contrário, por que começaria a nadar? Ninguém começaria a atravessar o Canal se tivesse certeza de que não conseguiria fazê-lo.

— Talvez sim – falei.

— Você começaria? Por quê?

— Não acredito que estamos falando sobre as pessoas que atravessam o Canal da Mancha a nado.

— Foi uma analogia que você usou.

— Eu sei. Só acho que não merece esse tipo de consideração.

Ela apertou os olhos por algum tempo e, em seguida, falou:
— Por que acha que usou essa analogia?

Eu dei de ombros.

— Não sei — falei.

— Bem, pense um pouco — disse ela. — Por que o Canal da Mancha?

— Porque acho que não me sentir triste é um pouco como um trabalho de Hércules.

— Sim, mas inúmeros trabalhos podem ser considerados de Hércules. Na verdade, Hércules realizou sete trabalhos. Por que acha que escolheu atravessar o Canal da Mancha a nado?

Tinha quase certeza de que Hércules tinha realizado mais que sete trabalhos (chequei depois e estava certo: foram doze), mas resolvi deixar essa passar.

— Não sei — falei. — É que está meio fora de moda. As pessoas não fazem mais isso. E acho que Inglaterra e França me parecem ser tão diferentes, totalmente diferentes, como tristeza e felicidade.

— Qual é triste e qual é feliz?

Achei essa uma pergunta particularmente idiota, mas resolvi não bater mais de frente.

— Bem, acho que a Inglaterra é triste, mas só porque sempre penso nas pessoas nadando da Inglaterra para a França, e não vice-versa. Os franceses de fato parecem ser mais felizes ou, pelo menos, eu acho que são, por causa da qualidade da comida, do clima e da moda.

— É isso que faz as pessoas felizes: comida, moda e clima?

— Não — falei. — É o contrário. Pessoas felizes produzem comida e moda de melhor qualidade. Se você está feliz, você não vai querer comer comida enlatada ou *haggis*. Se você está feliz, você vai querer vestir roupas que a deixem bonita, e não sapatos confortáveis nem casacos de lã. Acho que o humor de alguém não afeta o clima, mas pode ser que sim. É possível.

A doutora Adler ficou em silêncio por algum tempo e, em seguida, falou:
— Estou surpresa de saber que você não gosta de falar.

Sei que ela falou isso como uma observação encorajadora e não como uma acusação, mas algo me impediu de responder de forma compatível.

— Mas não gosto mesmo — falei.
— Não tenho dúvida. Só estou surpresa. Você parece muito articulado, e parece também que gosta de falar.
— Bem, eu não gosto — falei, e ouvi quão ridiculamente petulante soou.
— Por quê? O que há no ato de falar que você não gosta?
— Não sei — respondi. — Simplesmente não gosto.
— Há alguém com quem você goste de falar?

Lembrei da minha avó imediatamente e, então, lembrei de John: gostava de falar, de conversar com ele, de ouvi-lo.

— Há, sim — falei.
— Quem?
— Minha avó e um cara que administra a galeria da minha mãe.
— E o que há neles que faz você se sentir assim?
— Não sei — falei. — Os dois são inteligentes e engraçados. Eles não dizem coisas idiotas ou chatas. Ou coisas óbvias. A maioria das coisas que as pessoas falam parecem tão óbvias para mim. E elas as repetem umas trinta vezes.
— E o que há neles como ouvintes que faz você gostar de conversar com eles?
— Eu simplesmente gosto deles. Eu os respeito. Vale a pena falar com eles. Não penso isso a respeito de muitas pessoas.
— Entendo. Se encontrasse pessoas de quem gostasse e respeitasse, você gostaria mais de falar?
— Fique à vontade para concluir isso.

— E você acha que não encontrará pessoas assim na faculdade? Você vai para Brown, certo?

— Supostamente.

— Não entendi. Você não acha que encontrará pessoas interessantes e que respeitará em Brown?

— Não. Não acho.

— Por que acha isso? Em que baseia essa sua suposição?

— Porque não gosto muito das pessoas da minha idade. Principalmente quando estão reunidas em grupos grandes. E creio que a faculdade seja exatamente assim.

— Quer dizer que você se oporia a ir para qualquer faculdade?

— Bem, qualquer faculdade que englobasse um grupo grande de pessoas da minha idade.

— O que há nas pessoas da sua idade que você não gosta?

— Não gosto delas. Acho todas chatas.

— Chatas?

— Isso.

— Por que as considera chatas? Em que baseia esse julgamento?

— Não é um julgamento. É um fato. É como eu sinto.

— Então você acha certo sentir algo genérico sobre um segmento grande da população, sobre um certo grupo de pessoas, sobre uma raça ou crença, e concluir que é fato que são assim?

— Não disse que é fato que as pessoas da minha idade sejam chatas. Disse que é fato que as considero chatas.

— Entendo.

— Sei que não é para eu comentar o que você diz, mas eu gostaria muito que você parasse de dizer "Entendo".

— Por quê?

Eu não disse nada.

— O fato de eu entender o incomoda?

— Não.

— Por que, então, você não gosta que eu fale isso?
— Não sei. Não acho que signifique que você entenda de verdade. Ou acho que signifique que você entenda, mas não é somente isso. Significa que você entende, mas não aprova. Indica um julgamento, um pensamento. Um julgamento desfavorável.
— É uma declaração muito neutra. Não indica nenhum julgamento. Talvez, você esteja fazendo um julgamento sobre mim.
— Talvez eu esteja mesmo. Mas existe algo que seja muito neutro? A neutralidade não é algo absoluto, como a própria singularidade?

Ela ficou em silêncio por um tempo e, em seguida, disse:
— Por que é tão importante para você controlar o jeito que as outras pessoas falam?

Detesto perguntas que pressupõem uma ideia. As pessoas acham que podem escapar impunes fazendo isso.
— Não tinha consciência de que eu fazia isso — falei.
— É mesmo? Você não tem consciência disso?
— Foi isso que falei.
— Sei que foi isso que você falou. Estou perguntando se é verdade.
— Você acha que eu mentiria para você?
— A minha pergunta indica que sim.

Fui pego de surpresa pelo tom da voz dela.
— Acredito que sim, que tenho consciência de que faço algo do tipo. Mas não acho que controlo o jeito que as outras pessoas falam.
— O que é que você faz, então?
— Não sei — respondi. — Só não gosto quando a língua é usada de forma errada. Acho que as pessoas devem falar correta e claramente. De forma exata.
— Por que isso é importante para você?

Não falei nada, porque não consegui pensar em nada para dizer.
— Você acha que essa tendência encoraja as pessoas a falarem com você?

A resposta era óbvia, portanto, me recusei a dá-la.

Ficamos ali sentados por um bom tempo, envolvidos em um silêncio hostil e um tanto quanto triste. Finalmente, ela falou:

– Bem, nosso tempo acabou. Vejo você novamente aqui na quinta-feira, no mesmo horário. Está bom para você?

– Achei que viria uma vez por semana.

– Acho que seria melhor duas sessões semanais. Pelo menos, por enquanto. Há algum problema nisso para você?

– Não há, logisticamente – falei.

– Há algum problema em qualquer outro sentido?

– Não – falei.

– Ótimo. Então, o verei na quinta-feira às quatro e meia.

8

Junho de 2003

AS SESSÕES COM A DOUTORA ADLER NORMALMENTE COMEÇAVAM EM silêncio. Na verdade, elas normalmente prosseguiam em silêncio, já que a doutora Adler rapidamente deixou claro que era, antes de tudo, se não exclusivamente, uma terapeuta reativa: aparentemente, sua metodologia não aceitava que o terapeuta começasse a sessão fazendo perguntas. Portanto, a menos que eu tivesse algo a dizer, o que eu, frequentemente, não tinha, passaríamos grande parte da nossa sessão sentados em nossas cadeiras, olhando um para o outro. Ela sorriria para mim, com seu sorriso falso e invariável, tentando parecer aberta e receptiva, presumo, como se a única coisa que eu precisasse para desabafar fosse um rosto amigo. O meu silêncio era, admito, quase sempre uma resposta ao dela: não entendia porque o fardo da fala tinha sempre que ser meu. Portanto, na maioria das vezes, eu permanecia em silêncio, mesmo quando pensava em algo para dizer, porque a ideia de enunciar o que quer que eu estivesse pensando parecia muito esperado de mim, muito cooperador, muito ativo.

Há pessoas que se incomodam com o silêncio, que se apressam em preenchê-lo dizendo algo, e pensam que dizer qualquer coisa é melhor que dizer nada. Mas não sou uma dessas pessoas. Não fico nem um pouco incomodado com o silêncio. E, aparentemente, nem a doutora Adler.

Um dia, nossa sessão começou desse jeito quieto (silencioso), mas não foi inteiramente devido a minha rebeldia. Simplesmente não conseguia pensar em nada para dizer. A doutora Adler tinha me instruído a sempre dizer o que estivesse pensando, mas isso era difícil, porque o ato de pensar e o de articular esses pensamentos não eram simultâneos para mim, muito menos necessariamente consecutivos. Sabia que pensava e falava na mesma língua e que, teoricamente, não devia haver motivo para eu não conseguir expressar meus pensamentos no momento em que ocorriam ou logo após, mas a língua na qual eu pensava e a língua que falava, embora ambas inglesas, na maioria das vezes pareciam separadas por uma lacuna que impedia que ocorressem simultaneamente ou, mesmo que de forma retrospectiva, fossem interligadas.

Sempre fui fascinado pela ideia de tradução simultânea, como nos congressos da ONU, onde todos usam pequenos transmissores nas orelhas e sabe-se que, em algum lugar nos bastidores, os tradutores simultâneos estão escutando as palestras e transformando o que é dito de um idioma para outro. Entendo como esse processo é possível, mas, para mim, parece milagroso: a ideia de que as palavras podem ser jogadas no ar em um idioma e que pousam em outro tão rapidamente quanto uma bola é jogada e agarrada. Acho que minha mente possui algum tipo de filtro que impede a transferência rápida (simultânea, então, nem se fala) de meus pensamentos em discurso. Como uma peneira de ralo de banheira, há algo que impede meus pensamentos de deixarem minha mente, então, eles se acumulam, como aqueles bolos úmidos e nojentos de cabelo que ficam presos no ralo, e precisam ser tirados à força.

Eu estava pensando nessas noções de discurso e pensamento, em como era difícil articulá-los ou, então, que nem era difícil, mas monótono, já que pensá-los já era suficiente e expressá-los seria redundante e inferior. Todos sabem que as coisas ficam piores com a tradução e que é sempre melhor ler um livro no idioma original (*À la recherche du temps perdu*). Traduções são meras aproximações subjetivas, e é assim que me sinto sobre tudo que digo: não é o que eu estou pensando, mas meramente o mais próximo que consigo chegar usando as limitações reduzidas e defeituosas da linguagem. Portanto, sempre penso que é melhor não dizer nada do que me expressar de forma inexata. Era nisso que estava pensando quando notei que a doutora Adler estava falando.

– O quê? – falei.

– Você parece estar preocupado. Em que está pensando?

– Em nada – respondi.

Ela fez uma cara de que não acreditava naquela resposta.

– Às vezes, sinto-me mal por ter que expressar meus pensamentos – comentei. – Estava pensando nisso.

– E por que se sente assim?

– Não sei. É que eles são meus. As pessoas não saem por aí compartilhando sangue ou o que quer que seja. Não vejo motivo pelo qual sempre temos que compartilhar partes tão íntimas de nós mesmos.

– As pessoas doam sangue – disse ela.

– Sim, mas não constantemente. Só um pouquinho, uma vez ao ano.

– Está dizendo, então, que você só compartilha seus pensamentos um pouquinho, uma vez ao ano?

– Não – respondi. – É claro que não estou dizendo isso. E se você realmente pensou que eu estava dizendo isso, só prova meu ponto de que falar é ridículo, porque é impossível comunicar precisamente o que se está pensando.

– Você realmente acredita nisso? – perguntou a doutora Adler.

– Sim – respondi. – Acredito.

Ela fez uma pausa por algum tempo, como se estivesse considerando minha declaração e, em seguida, disse:

– Por que você não me conta o que aconteceu em Washington?

Fiquei chocado. Ela nunca tinha feito uma pergunta tão específica quanto essa ou mostrado interesse em um acontecimento particular da minha vida.

– O quê? – perguntei.

– Eu falei "Por que você não me conta o que aconteceu em Washington?". Percebi que nunca conversamos sobre isso. Acho que seria bom se conversássemos.

– Eu não quero mesmo falar sobre o que aconteceu em Washington – falei.

– Por quê?

– Não sei. É idiota. Eu fiquei... Não consegui lidar com a situação e fiz algo idiota. Mas agora já acabou, é passado. Eu não quero mesmo falar sobre isso.

– O que você fez?

– Você não sabe? Meus pais não lhe contaram?

– Não. Não estaria perguntando se soubesse.

Não acreditei naquilo por alguns instantes.

– Você foi a algum tipo de seminário jovem do governo?

Sabia que ela estava tentando me enrolar e me fazer falar sobre o assunto com perguntas inofensivas.

– Sim – falei.

– Conte-me sobre o seminário.

– Era um desses programas idiotas e teoricamente bipartidários que leva dois alunos supostamente inteligentes de cada estado para Washington D.C. durante uma semana, para que possam ser doutrinados a respeito do quão maravilhoso é o governo americano.

– Quer dizer que seu problema teve relação com a natureza do programa?

– Não é bem isso. Quer dizer, isso com certeza era um problema, mas consegui lidar com isso.

– Ah, sim, acho que você deve ser imune à doutrinação.

Preferi não responder a essa flagrante tentativa de bajulação, mas a doutora Adler não desistiu.

– O que houve, então? – perguntou. – Qual foi o problema?

– Essa pergunta pressupõe muitas coisas – falei.

Ela não falou nada, mas fez um sinal com as mãos, me incentivando a continuar.

– Pressupõe que houve um "problema". Pressupõe que eu saiba qual foi o problema. Pressupõe que eu saiba como enunciar o problema. Pressupõe que eu queira, ou que concorde, em enunciar o problema.

– Não há o que argumentar com relação a isso – falou a doutora Adler. – Mas a pergunta em si permanece.

– Detesto essa ideia – falei. – Essa ideia de que há um problema, de que há algo simples como um problema, e que é possível identificar o problema, consertar o problema e, então, não há mais problema nenhum. Não tive *um* problema em Washington. Tive milhares de problemas, talvez. Um milhão.

– E qual foi o problema que fez com que fosse preso?

– Não fui preso. Meus pais lhe contaram que fui preso?

– Não – respondeu a doutora Adler. – Desculpe. Disseram que houve alguma confusão com a polícia.

– E, então, você concluiu que fui preso?

— Suponho que sim.

— Bem, eu não fui preso. E a tal confusão com a polícia não foi culpa minha. Foi dos meus pais. Foram eles que envolveram a polícia. Eles preencheram um formulário de pessoa desaparecida. Se eles não tivessem feito aquilo, tudo teria ficado bem. Ou melhor. Ou menos pior.

— Você estava desaparecido?

Percebi que ela tinha me enganado e me feito falar sobre o que acontecera em Washington. Embora tivesse me sentido bem em falar sobre isso, queria deixar claro que estava ciente de que fui enganado, portanto, não respondi.

Depois de um tempo, ela repetiu a pergunta, bem baixinho, como se perguntando gentilmente tivesse um efeito melhor.

— Sim – respondi. – Eu estava desaparecido.

— Por quanto tempo?

— Por dois dias – falei. – Apenas dois dias.

— Dois dias é muito tempo para ficar desaparecido.

— Mas eu não estava desaparecido. Eu sabia onde estava.

— É isso que você acha que "não desaparecido" significa?

— "Não desaparecido" significa "encontrado".

— E você foi encontrado?

— Em algum momento, sim. Não fui bem encontrado. Eu voltei. Reapareci.

— Onde você estava?

— Em Washington. A maior parte do tempo na Galeria Nacional. Fiquei em um hotel por duas noites.

— Então, você abandonou o seminário?

— Sim.

— Por quê?

— Porque achei que se continuasse lá, eu ia me matar.

— Por quê? O que havia de tão ruim nesse seminário que fez você se sentir assim?

— Eu já lhe falei. Não foi só uma coisa. Ou duas coisas. Ou vinte coisas. Foi um milhão de coisas. Foi tudo. Cada momento foi dolorido. Odiei cada momento.

A doutora Adler ficou em silêncio. Ela estava segurando as mãos daquele jeito que gostava de segurá-las, com os dedos esticados, cada ponta do dedo tocando a correspondente, esperando pacientemente para que eu continuasse.

9

Abril de 2003

QUARTA-FEIRA ERA "NOITE DE ENTRETENIMENTO: SAINDO NA CIDADE!". Bem diferente da segunda-feira, que era noite da CIA, e da terça-feira, que era "Na terra, no ar ou no mar: noite das Forças Armadas". Na verdade, não sei como sobrevivi até quarta-feira, já que o A Sala de Aula Americana fora insuportável desde os primeiros momentos.

 No quarto de hotel, abri a cama dobrável que, pelo processo de eliminação, tinha ficado comigo, e me senti imediatamente infantilizado e em desvantagem. Meus colegas de quarto, Dakin (Dakin sentou-se ao meu lado no jantar naquela noite, e no que achei ser uma tentativa inspirada de começar uma conversa com ele, perguntei-lhe se sabia que o irmão mais novo de Tennessee Williams se chamava Dakin. Sabia disso porque havia lido a biografia de Williams [que se chamava *Memoirs*] e lembro de ter pensado que Dakin era um bom nome para um cachorro [ao menos era melhor que Miró]. Enfim, quando mencionei essa informação para Dakin, ele meio que me olhou sem entender e perguntou se Tennessee Williams era um cantor sertanejo. [Acho que ele estava pensando em Tennessee Ernie Ford.] Eu falei que não, que Tennessee Williams escrevia peças. Dakin, então, olhou para mim como se eu fosse maluco e estivesse tentando enganá-lo de alguma maneira, se virou e nunca mais falou comigo) e Thomas estavam sentados em suas camas de tamanho de adulto, me observando. Abri a cama dobrável e joguei minha mala em cima dela, de uma maneira impressionantemente casual e masculina, mas o peso da mala fez com que as duas extremidades se juntassem com veemência surpreendente, engolindo minha mala e me assustando.

— Meu Deus! – falei.

Não sei por que falei "Meu Deus". Nunca digo "Meu Deus". Minha avó diz "Meu Deus", mas acho que nunca falei isso na minha vida (como uma exclamação, é claro), mas havia algo naquela situação toda que me deixou muito nervoso, que me fez dizer "Meu Deus". Assim que disse, me dei conta do quão imbecil soou, e ouvi meus colegas de quarto rirem pelas minhas costas com um tom de deboche que sempre indica que estão rindo de você, e não com você. Pensei em dizer "Droga", "Porra" ou "Merda", mas sabia que se dissesse, só ia intensificar, pelo contraste, o caráter patético de "Meu Deus". Portanto, não falei nada, abri a cama enfaticamente e, então, ela ficou presa.

Depois disso foi, como dizem por aí, ladeira abaixo. Havia centenas de representantes participando do A Sala de Aula Americana, dois de cada estado, e nos dividiram em dois grupos: os Washingtons e os Jeffersons. Dois ônibus nos levavam a todos os lugares; os Washingtons andavam em um e os Jeffersons, em outro. Havia muita euforia inútil e socos nas janelas quando um ônibus emparelhava com o outro. Não entendo essa propensão a tornar qualquer coisa, como ir do Russell Senate Office Building ao Taco Bell, em uma competição.

Éramos incentivados a sentar ao lado de uma pessoa diferente cada vez que andávamos de ônibus, mas no nosso primeiro passeio (ao Capitólio na manhã de segunda-feira), um grupo de alunos que achava ser e, portanto, ficaram conhecidos como sendo descolados, sentaram no fundo do ônibus e claramente reivindicaram o território. Como um aluno urbano que pegou o metrô para ir à escola desde a quinta série, o mundo de ônibus escolares era estranho para mim. Achei esse mundo bem fascinante, sob o ponto de vista antropológico. Sempre que voltávamos para o ônibus, havia uma pressa disfarçada para pegar um lugar ao fundo, o que era interessante de assistir, porque, é claro, não era nada descolado parecer que se queria ser descolado o suficiente para sentar-se ao fundo do ônibus, e também não era nada descolado dar na pinta que era preciso correr para pegar um lugar ao fundo, já que, se alguém fosse genuinamente descolado, as leis irrefutáveis do universo garantiriam que se sentaria ao fundo.

Eu costumava me sentar o mais perto possível da frente do ônibus com uma garota chamada Sue Kenney, da Pensilvânia. Ela era uma menina agitada e corpulenta que podia usar mais (ou um pouco) de desodorante, mas amava tudo e todo mundo e estava vivendo OS MELHORES DIAS DA SUA VIDA! Em muitos pontos, ela parecia ser o oposto de mim e, de uma maneira estranha, isso parecia combinar perfeitamente bem para nós dois. Ela não parecia ter notado que eu mal falei dez palavras com ela, já que tagarelava sem parar e apontava pela janela coisas interessantes pelas quais passávamos. Na verdade, acabei me tornando fã dela com certa superioridade maldosa, já que ela era tão natural, otimista e inocente que não se importava com o fato de feder, ser gorda e vestir roupas diferentes de todo mundo. Ela se desligava de tal maneira da vida que estava constantemente borbulhando, e dava para ver que ela viveria sua vida longa e terrivelmente entediante com alegria, achando tudo ótimo (o oposto de mim).

Nada era ótimo para mim. O momento das refeições era o pior. O café da manhã até era legal: um bufê no salão do hotel, no qual muitas pessoas preferiam não aparecer, de forma que havia muitas mesas vazias e, mesmo que fosse preciso sentar-se em uma mesa com alguém, ninguém esperava que fosse dito nada além de bom-dia e, com isso, eu sabia lidar. Eu gostaria que o dia inteiro fosse como no café da manhã, quando as pessoas ainda estão ligadas aos seus sonhos, concentradas em si mesmas, sem estar prontas para se envolverem com o mundo ao redor delas. Percebi que é assim que sou o dia inteiro: para mim, distintamente como acontece com as outras pessoas, não existe um momento, depois de uma xícara de café ou um banho ou o que quer que seja, em que eu me sinta vivo de repente, nem acordado nem conectado com o mundo. Se fosse sempre como no café da manhã, eu ficaria bem. No que presumi ser uma tentativa de nos manter cansados e, consequentemente, mais obedientes, não nos deixavam ir dormir até que ficasse muito tarde e nos acordavam muito cedo. Não voltávamos para o hotel antes das 23 horas e, em seguida, havia um evento social com sorvete (mais uma vez no salão), no qual as pessoas podiam cantar, tocar violão, ler poesias, fazer malabarismo com bolas de tênis e mostrar, de forma egoísta, outros supostos talentos. Depois, havia muita correria para cima e para baixo dos corredores, gritaria, e meninos nos quartos das meninas e vice-versa, o que resultava, inevitavelmente, na regurgitação do sorvete. O "apagar das luzes" acontecia meia-noite e meia. O café da manhã ia das 7 às 8 horas, e os ônibus saíam do estacionamento todas as manhãs às 8:30 em ponto.

O almoço e o jantar eram terríveis. Comíamos em locais como Olive Garden e Red Lobster, normalmente em nossos lugares especiais com cardápios especiais com opções a serem escolhidas. Aprendi logo que era muito mais fácil para mim ser o primeiro a sentar-me em uma mesa e esperar que as outras pessoas se juntassem a mim, porque eu não conseguia sentar-me em uma mesa que já estivesse povoada, principalmente se isso significasse sentar-me ao lado de alguém. Sei que quando se senta ao lado de alguém em um restaurante como esses, não é como se estivesse casando com essa pessoa ou impondo sua presença para sempre, mas se eu sentasse ao lado de alguém, sentia uma obrigação terrível de ser simpático ou de, pelo menos, ter algo a dizer, e a pressão de ter que ser simpático (ou simplesmente verbal) me travava. Mas havia algo em ser aquele do qual as pessoas se sentavam ao lado que dispersava um pouco essa tensão, já que, nesse caso, não sentia que estivesse impondo minha presença a ninguém, mas acomodando a presença de outra pessoa (ou imposição). Mas, normalmente, era tudo muito ruim e ficava pior a cada refeição, e a essa sensação conjugavam-se milhares de outros momentos em que me sentia profunda e completamente excluído, até que, na noite de quarta-feira – *Noite de Entretenimento!* –, perdi o controle de qualquer senso de normalidade com o qual devo ter chegado lá. Lembro de, em certo ponto (de verdade), ter me perguntado se eu tinha, talvez, algum tipo de alteração genética, alguma pequena modificação no DNA que me separava da minha espécie de uma maneira leve, mas essencial, como as mulas podem acasalar-se com burros, mas não com cavalos (eu acho). Parecia que todo mundo podia acasalar-se, encaixar suas partes íntimas de uma maneira agradável e produtiva, mas alguma diferença quase imperceptível em minha anatomia ou psique me tornava, mesmo que parca, irrefutavelmente diferente.

Sentir isso me preocupou e me deixou triste. Isso me fez chorar no banheiro masculino do Russell Senate Office Building. Fez com que eu não quisesse estar vivo.

Na Noite de Entretenimento!, podíamos escolher entre ir a um clube de comédia ou a um teatro com jantar. Preferi ir ao teatro com jantar porque nunca tinha ido a nenhum e odiava piadistas de palco. Acho que ser engraçado é uma característica nata, e não algo que se tenta ser em um lugar cheio de gente detestável.

Enquanto voltávamos para o hotel na quarta-feira à tarde para nos prepararmos para a noite na cidade, Sue Kenney me disse:

– Estou tão animada!

Eu estava olhando pela janela para o lixo espalhado pelo acostamento. A maior parte fazia sentido – latas de refrigerante, restos de lanches, jornais –, mas, de vez em quando, havia algo surpreendente, como uma bota vermelha de criança, uma gaiola e uma mala arrebentada, expelindo seu conteúdo. E isso me perturbou, porque cada um desses objetos estava na beira da estrada por um motivo. Alguma ou algumas coisas devem ter acontecido para que alguém jogasse pela janela a bota de uma criança, e senti que estávamos passando rapidamente por uma história atrás da outra e que todas elas eram tristes. Estava pensando nisso e tentando fazê-lo de forma positiva, tentando imaginar um enredo feliz para os estranhos objetos que passavam: uma menininha tinha acabado de ganhar botas novas e lindas e as antigas foram descartadas com alegria; alguém tinha feito as malas para passar um bom tempo internado no hospital, mas no caminho, recebeu uma ligação do médico dizendo que tudo havia sido um engano, que o fígado não estava tomado pelo câncer, que ele devia ir para casa e, tomado pela felicidade, jogou a mala pela janela. Estava tentando imaginar uma história feliz para a gaiola quando Sue Kenney falou algo e, por algum tempo, eu não respondi, e ela perguntou:

– Você não quer saber por que estou animada?

Ela perguntou isso de forma muito agradável, como se fosse supernormal interrogar alguém dessa maneira, e eu acho que, para ela, era normal mesmo.

– Quero sim. Diga-me.

– Vou usar minha túnica de gala essa noite! Estou tão animada!

– O que é túnica de gala? – perguntei.

– Ué, você não sabe? Achei que soubesse, já que é de Nova York e tal. É uma alternativa para o vestido de gala. Um tipo de tú-

nica que se veste por cima de calças leves e largas. A minha é azul incandescente com bordado no centro. Estou ansiosa para vesti-la!
— Você vai para o teatro com jantar? — Túnica de gala parecia um pouco opulento para o clube de comédia.
— Ah, não — Sue Kenney respondeu. — Vou ao concerto no Kennedy Center.
— Pensei que as únicas opções fossem o clube de comédia e o teatro com jantar.
— Sim, mas se nenhuma delas for adequada para você, você tem a opção do concerto.
— O que você quer dizer com "adequada"?
— Bem, eles normalmente fazem piadas sujas sobre sexo no clube de comédia. E falam palavrões. E quando meus pais descobriram que a peça que íamos ver exibia um estilo de vida leviano, reclamaram com os mandachuvas e, agora, eu tenho que ir ao concerto. Parece que oito pessoas irão ao concerto. Não tenho nada contra cultura popular ou toda essa parada suja, mas é que prefiro não arrastar minha mente para o esgoto.

Quando voltamos para o hotel, perguntei a uma das mandachuvas se eu podia trocar de opção e ir ao concerto, e ela falou que não, que os ingressos para o concerto eram só para quem tinha objeções morais e religiosas à comédia e ao teatro, e já que eu tinha me inscrito para ir ao teatro, obviamente não havia problema nenhum para mim em ir e, além disso, não havia mais ingressos para o concerto.
Dakin e Thomas optaram por ir ao clube de comédia, e sabia que eles achavam coisa de gay ir ao teatro com jantar. Queria conseguir dar um jeito de não ir a nenhum dos dois só para ficar no quarto do hotel na minha noite de leitura (*Can you forgive her?*, de Trollope), mas como eles eram paranoicos em não perder ninguém, os ônibus nunca partiriam até que estivesse confirmado que

todos estavam a bordo. Então, saí e embarquei no ônibus obrigatório do teatro. Entrei no ônibus cedo, portanto, alguém sentaria ao meu lado, e não eu que sentaria ao lado de alguém, mas acabou que mais pessoas optaram pelo clube de comédia (que surpresa!), então, eu tinha um banco só para mim. Vi Sue Kenney flutuando com sua túnica de gala, que parecia ser algo entre um pijama e um sobretudo. Eu a vi desaparecer na van com as outras pessoas que preferiam não arrastar suas mentes para o esgoto da comédia e do drama contemporâneos.

A cena no estacionamento tinha um quê inegável de euforia. Essa era a única noite do evento em que o traje obrigatório não estava em vigor, e dava para sentir que todos estavam se sentindo livres. Todas as garotas, como Sue Kenney, estavam usando roupas compradas especialmente para esta noite, roupas que achavam que revelavam o melhor de cada uma, de modo que se sentiam perfeitamente reveladas, e a ciência disso as imbuiu de tal confiança e de tal satisfação que era quase palpável. Todos os garotos tinham tomado banho, acabado de barbear o rosto bem rente, usado gel no cabelo, de maneira que parecesse refinadamente descuidado, com certa sensação elétrica, o que era compatível com a sensação das meninas de que estavam ascendendo, indo para o futuro que só podia melhorá-las, e me perguntei como seria sentir isso – o milagre e a estupidez de sentir aquilo.

Achei que o teatro com jantar significasse que você pagaria um preço único para jantar e para assistir à peça, mas não achei que fosse para fazer as duas coisas simultaneamente. Eu realmente achei que jantaríamos em um lugar e que depois iríamos ao teatro, então, fiquei surpreso ao ver que as mesas estavam no teatro. Achava que aquilo só acontecia em Las Vegas, onde concluí que não tinha problema comer enquanto assistia a performances de tigres e dançarinas, mas não conseguia conceber comer na frente de atores. Para mim, era a coisa mais grosseira que alguém podia fazer. Mesmo que desligassem as luzes, haveria o barulho da plateia toda mastigando.

As mesas estavam dispostas em tribunas, e fomos instruídos a nos sentar a qualquer uma das mesas nas duas tribunas de cima. As tribunas abaixo das nossas estavam repletas de mulheres, a maioria de meia-idade, que ficaram nos encarando tristemente enquanto passávamos pelo meio delas. A maioria das mesas era para quatro, seis ou oito pessoas, mas havia algumas poucas mesas na tribuna superior que eram para duas, e sabia que se eu sentasse em uma delas ninguém se sentaria comigo. Eu estava certo: ninguém se sentou.

Em vez de cardápios, pequenos cartões em cada lugar diziam:

Sejam bem-vindos, A Sala de Aula Americana!

O cardápio de hoje

Abertura
Minestrone ou Salada de verduras fatiadas

1º Ato
Frango com páprica, Composto de legumes, Arroz Pilaf

INTERVALO
Café ou chá

2º Ato
Zum-Zum de chocolate coberto com geleia de framboesa

Lembrete:
Os vegetarianos podem trocar o frango
por uma porção adicional de arroz ou legumes
Por favor, informe o garçom

Uma garçonete cansada e idosa se aproximou de mim com uma jarra de água em uma mão e uma jarra do que parecia ser chá gelado na outra. Elas pareciam ser pesadas, pois ela se esforçava para mantê-las levantadas. Visualizei os dois pulsos dela se quebrando.

– Chá gelado ou água?

Ela tentou levantar cada jarra enquanto anunciava seu conteúdo, mas o gesto foi muito súbito.

– Água, por favor – falei.

Enquanto despejava a água em meu copo, ela disse:

– Você vai querer sopa ou salada? Não pode pedir as duas.

– Posso lhe fazer uma pergunta?

Ela colocou as duas jarras na mesa e pressionou as mãos.

– O que foi? – perguntou ela, tentando me desencorajar.

– O que são verduras fatiadas?

– Como?

– Aqui diz que há uma salada de verduras fatiadas. Você sabe me dizer que verduras são?

Apontei para as palavras no cartão, mas ela não olhou.

– Não sei – disse ela. – É a nossa salada básica. De alface. Eu recomendo a sopa.

– Vou querer as verduras fatiadas – falei.

Queria perguntar a ela sobre o composto de legumes e o Zum-zum, mas antes que o fizesse, ela falou:

– Faça como quiser.

Ela pegou as jarras e foi para a mesa seguinte.

O primeiro prato foi servido com rapidez e retirado quase imediatamente, sendo substituído pelos pratos de frango com páprica, composto de legumes e arroz pilaf. O composto era simplesmente aquela mistura comum e deprimente de cenoura, milho e feijão-verde congelados. O que transformava o arroz em pilaf permanecia um mistério. Assim que todos foram servidos com as entradas, as garçonetes se mandaram e as luzes se apagaram, ficando tão escuro que não dava para ver o próprio prato, imagine comer o que tinha nele. Em seguida, uma gravação nos deu as boas-vindas e nos lembrou de desligar o celular (o que achei muito irônico, já que jantaríamos ao longo de todo o espetáculo). Depois, a cortina subiu e as luzes acenderam levemente, de forma que dava para ver e comer, e a peça começou.

A peça leviana que estávamos vendo era uma versão feminina de *Um estranho casal*, estrelando duas atrizes de meia-idade que já tinham tido carreiras respeitáveis em filmes, seguidas de carreiras menos respeitáveis interpretando mães em seriados e, então, desapareceram durante um tempo. Fiquei imaginando se isso seria mais um passo para a decadência delas em direção ao anonimato, ou que elas talvez tivessem atingido o fundo do poço e estrelar uma produção de *Um estranho casal* em um teatro com jantar fosse o início de uma recuperação. E também fiquei pensando se foi a necessidade de dinheiro ou o desejo de serem famosas que as estimulou a atuar nessa produção. Havia algo muito dignificante, corajoso e triste sobre tudo aquilo – em pensar no que as pessoas podiam ser reduzidas, em como a vida de alguém pode ser tão instável, e nas coisas terríveis que as pessoas fazem para sobreviver –, entrelinhas comoventes que abriam completa vantagem em relação à peça em si. Isso fez com que a experiência de assisti-la fosse perturbadora.

E como eu estava na tribuna de cima, ao assistir à peça, eu assistia à plateia também. Durante os primeiros dez ou quinze minutos, todos mantiveram uma concentração quase religiosa, mas com o correr do ato, a atenção se desviou do palco. As pessoas começaram a comer, cochichando com o vizinho, ou cochichando com a pessoa do outro lado da mesa. De vez em quando, alguém soltava um penetrante *shhhhh*, e o silêncio se restabelecia, mas, como um incêndio que não foi apagado totalmente, os sons de conversas e da mastigação voltavam a existir aos poucos.

Quando o ato terminou, todos bateram palmas enlouquecidamente para compensar sua negligência e, em seguida, todas as senhoras levantaram e debandaram em direção ao banheiro feminino. Eu também precisava ir ao banheiro, mas antes que eu pudesse levantar, uma coisa estranha aconteceu. Uma menina chamada Nareem Jabbar, que era a outra representante do estado de Nova York, veio até minha mesa e se sentou. Na verdade, eu simpatizava um pouco com Nareem. Ela morava em Schenectady, era muito inteligente e quase sempre fazia perguntas inusitadas nas conclusões dos seminários.

Ela se sentou na cadeira que ficava na minha frente e perguntou:
– James, o que está fazendo?

Não imaginava que ela soubesse meu nome, e ela falou comigo como se fôssemos amigos muito antigos e próximos. Fiquei confuso, portanto, não disse nada.

– James, James – falou ela. – Fale comigo. O que faz aqui, sentado sozinho?

– O que você quer dizer? – perguntei.

Um dos motivos para eu odiar falar com as pessoas é que quando sou forçado a falar, inevitavelmente digo alguma coisa idiota.

– Você sempre está sozinho – disse ela. – Você está sentado aqui sozinho. Não pode ser assim. Venha sentar-se conosco.

Isso é algo que eu realmente odeio. Eu realmente odeio, odeio mesmo, quando as pessoas reagem ao fato de você estar sozinho como sendo um problema para elas. Sabia que o único motivo por que ela queria que eu fosse sentar-me a sua mesa é que ela queria ajudar alguém. O fato de eu sentar-me sozinho a incomodava; é o mesmo que acontece quando você se sente mal pelas pessoas que estão em pé no metrô quando você está sentado. É como se elas estivessem de pé só para fazer você se sentir mal. Às vezes, há até alguns lugares vazios – metade de lugares no meio de homens corpulentos com pernas longas –, mas elas não se sentam neles, simplesmente ficam na sua frente, parecendo exaustas e infelizes, e fazem você se sentir muito mal por estar sentado. E sabia que Nareem só queria que eu me sentasse à mesa dela porque eu era uma coisa desagradável que a impedia de aproveitar o espetáculo. Achei perturbador que tal comportamento aparentemente altruísta fosse, na verdade, bastante egoísta. Até a tão conhecida Madre Teresa me perturba. Em alguns aspectos, ela era tão ambiciosa quanto pessoas como meu pai ou qualquer um que queira ser o melhor em sua profissão. A Madre Teresa queria ser a melhor santa, a santa principal e, para tanto, fez todas as coisas desagradáveis que podia fazer. Sei que ajudou muita gente e aliviou sofrimentos, e não estou dizendo que isso seja ruim, só estou dizendo que acho que ela foi tão egoísta e tão ambiciosa quanto qualquer um. O problema de se pensar assim é que, se você quer evitar esse tipo de ambição e egoísmo, não deve fazer absolutamente nada: não fazer mal nenhum, mas também não fazer o bem. Portanto, não faça nada: não ouse interferir no mundo. Sei que isso não faz o menor sentido, mas era o que eu estava pensando quando Nareem sentou-se à minha mesa.

Ela deve ter percebido algum tipo de julgamento ou cautela (ou idiotice) em meu silêncio, pois olhou para mim com genuína perplexidade, como se eu fosse surdo-mudo ou coisa parecida, e disse, bem vagarosa e claramente:

— Tem lugar na nossa mesa. Você gostaria de sentar-se conosco?

E, então, percebi que ela estava realmente sendo legal. Ela estava sendo legal com sinceridade. Ela estava sendo inconveniente, mas estava sendo legal. Não sabia o que estava dizendo, pois estava dizendo para eu ir lá sentar-me à sua mesa, como se isso fosse algo que eu fosse capaz de fazer. Como se eu fosse capaz de me levantar, me sentar à mesa dela e me tornar uma pessoa que estava sentada à mesa dela. Como se ser uma das pessoas que estava sentada à mesa dela envolvesse apenas as ações de me levantar, de andar até a tribuna de baixo e me sentar à mesa dela.

— Não, obrigado — respondi. — Estou bem sozinho.
— Quer dizer que você é um fracassado?
— O quê?
Não pude acreditar que ela me chamara de fracassado.
— Você é um solitário — disse ela. — Você gosta de ficar aí sozinho.
— Ah, sim — falei.
— Isso é bom. Contanto que você esteja feliz. Mas, por favor, sinta-se livre para sentar-se conosco quando quiser. Essa peça não é a pior coisa que você já viu?
— É — falei.

Ela ficou ali sentada olhando para mim por algum tempo, e sabia que ela estava tentando decidir se devia prolongar nossa conversa, se devia me resgatar, eu acho, mas parece que ela concluiu que meu caso era perdido. Ela ficou de pé e voltou para sua mesa de garotas e garotos normais, sorridentes e felizes.

Dei-me conta de que devia me mandar de lá. Fiquei de pé e passei pelas mesas. O saguão estava cheio de senhoras conversando alegremente. Do lado de fora, algumas pessoas estavam fumando, sugando a nicotina do cigarro de maneira esfomeada. Uma delas era a mulher do congressista que foi encontrar o grupo na estação de trem. Isso fora há apenas três dias, mas pareceram séculos. É estranho como o tempo passa devagar quando se está infeliz.

— Aonde você está indo? — Ela me perguntou quando passei por ela.
— Só vou dar uma volta — falei. — Para tomar um pouco de ar fresco.
— Bem, não vá muito longe — disse ela. — Não queremos perdê-lo.

Corri para o meio do estacionamento e fiquei lá por algum tempo, escondido entre duas caminhonetes enormes. Senti como se tivesse escapado de uma casa em chamas; eu estava ofegante, e pensei que se me virasse, sentiria as chamas quentes e ardentes do shopping. Portanto, não me virei, corri pelo estacionamento até chegar no meio do campo que ficava atrás dele. Andei em direção ao centro do campo – não era bem um campo, mas o que deve ter sido um campo um dia, agora era um tipo de depósito de lixo aberto, abandonado e inútil. Pensei em como o centro é definido como o ponto mais afastado de qualquer ponto do perímetro. Já que o campo não era grande, não demorei muito para chegar ao (suposto) centro. Abri o zíper e urinei com força, com orgulho, no chão, como se aquela fosse a única coisa que eu conseguia fazer direito. Então, olhei ao redor. Os quatro lados do campo eram limitados pelo estacionamento do shopping; pela estrada; por uma fila de casas de loteamento (as costas de todas as casas eram exatamente iguais, exceto pelo fato de que cada casa tinha um padrão diferente de iluminação na janela, como impressões em braile transmitindo mensagens diferentes: o bebê está dormindo, o papai está em casa, não tem ninguém); e uma fila longa de árvores, impedindo a visão do que quer que estivesse atrás delas. Percebi que me foram concedidas quatro opções, quatro lugares diferentes para ir, e como eu não queria voltar para o teatro, olhar para dentro das janelas iluminadas do loteamento ou me expor à claridade e ao perigo da estrada, a única opção restante foram as árvores. Corri em direção a elas, antes que alguém pudesse vir correndo atrás de mim e me forçar a voltar ao teatro.

As árvores tinham um porte maior do que eu tinha imaginado, e se juntavam em algo que lembrava uma floresta. Ao contrário do campo, que estava sujo devido ao revoltante eflúvio de vidas humanas, a floresta parecia, mesmo no escuro, imaculada. Não sei por que, mas quase sempre penso quando um pedaço do solo em particular foi tocado pelos pés ou mãos ou visto pelos olhos humanos pela última vez. Na cidade, há uma pequena área na esquina da LaGuardia Place com a Houston Street que foi cercada e, com isso, permitiu-se que voltasse ao estado primitivo, antes que os holandeses comprassem Manhattan dos indianos por 24 dólares. Gosto de observar essa área quando passo por ela, embora pareça apenas um terreno malcuidado e abandonado. Mas sempre tenho a sensação de que verei algo surpreendente dentro da cerca: uma raposa, uma tartaruga, um coiote ou algum outro animal que milagrosamente tenha voltado para esse pequeno pedaço de terra imaculado. Acho que é porque quero que o tempo possa andar para trás tanto quanto anda para a frente. Que possamos voltar para aquele tempo em que Manhattan era, nas palavras de F. Scott Fitzgerald, "um coração novo e viçoso do novo mundo", não essa virilha marrom e suja que é hoje. Sempre olho quando passo por lá, mas, na maioria das vezes, tudo que vejo são garrafas de sucos, preservativos usados e bilhetes de loteria inválidos.

Andei cada vez mais para dentro da floresta, desci uma ladeira e cheguei perto de um canal, pelo qual corria um riacho estreito. O riacho tinha um cheiro um pouco ruim e fiquei feliz por estar escuro, pois não conseguia ver como estava poluído. Eu estava muito estranho e tremendo, e não conseguia parar de pensar no shopping em chamas. Então, me agachei e cobri o rosto, espremendo as palmas das mãos contra o buraco dos olhos. Elas encaixaram perfeitamente, como duas metades de um todo, e minhas mãos eram do tamanho exato para apoiar meu crânio. Parecia outro exemplo de como os seres humanos foram bem projetados, de que fomos feitos para nos dar apoio. Fiquei me segurando naquela posição e cantei, sem abrir a boca, uma melodia que me levou para bem longe do mundo.

Depois de um tempo, me lembrei do teatro com jantar, do ônibus, do A Sala de Aula Americana e do resto de minha vida. Tinha planejado voltar para o estacionamento e esperar até que a peça acabasse para voltar ao ônibus com todo mundo, mas sabia, de algum jeito estranho, que, ao fugir do teatro, eu tinha fugido de muito mais do que isso, e que essa era uma atitude irreversível, que eu tinha me desligado do A Sala de Aula Americana tão claramente como se tivesse, como uma raposa presa na armadilha, cortado um membro para escapar.

   Sabia que, uma vez no ônibus, eles perceberiam que eu estaria faltando, e Susan Porter Wright lembraria de ter me visto no intervalo, e como não sabia o que eles podiam fazer, pensei que seria melhor eu ir para o mais longe possível dali.

   Pulei para o outro lado do riacho, escalei o lado oposto do canal e abri caminho pela floresta escura. Pulei uma cerca de ferro para dentro do quintal de alguém. Na escuridão, pude distinguir um jogo de balanço poucos metros a minha frente, com um escorregador, dois balanços comuns e um de criança. Então, vi um bebê sentado nesse balanço, caindo para um lado, e pensei: "Ai, meu Deus! Alguém esqueceu uma criança no balanço!"

   Conforme fui chegando mais perto, percebi que não era um bebê; era uma boneca. Senti-me um idiota e dei uma olhada ao redor, como se alguém pudesse estar me vigiando e adivinhando meus pensamentos. Mas não havia ninguém ao redor. Sentei a boneca direito, para ficar ereta, e dei um empurrão no balanço. No ápice do voo, a boneca saltou, voou brilhantemente pelo ar e pousou, batendo a cabeça no meio da grama.

   Deixei a boneca ali e andei para mais perto da casa, em direção ao janelão que estava aceso no primeiro andar. Cheguei perto o suficiente para ver o que havia lá dentro, para ver uma sala, um escritório, um salão de jogos ou algo saudável assim. Um homem e uma mulher estavam sentados no chão jogando um jogo de tabuleiro e, atrás deles, um *golden retriever* dormia no sofá. A TV estava ligada, mas eu só conseguia ver a luz da tela, não dava para dizer ao que estavam assistindo. O que quer que fosse, eles não pareciam estar dando muita atenção: estavam muito entretidos no jogo, batendo as mãos e rindo. Parecia que eles estavam protagonizando um comercial do jogo, demonstrando como ele era divertido. Só conseguia ver as costas do homem, mas a mulher estava de frente para mim. Ela devia ter uns quarenta anos, usava um roupão e estava com o cabelo jogado para trás, preso com uma faixa. Ela parecia estar gostando do jogo de verdade, e achei estranho e um pouco assustador que marido e mulher estivessem jogando um jogo de tabuleiro às dez horas da noite de uma quarta-feira. Não sei muito bem como funciona a vida no subúrbio, mas não acho que seja tão saudável assim. Foi então que me ocorreu que esse poderia ser um daqueles jogos de tabuleiro eróticos que os casais jogam para recuperar a paixão em seus casamentos sem sexo. Uma vez, tive a experiência terrível de encontrar um jogo desses ("Mantenha os EUA na luxúria") debaixo da cama dos meus pais. Mas o jogo que o casal estava jogando não parecia muito sexy: eles estavam jogando dados e movendo homenzinhos pelo tabuleiro, contando as casas. O cão, então, levantou a cabeça, olhou diretamente para mim através da janela e latiu baixinho.

– Ah, quieto, Horace! – falou a mulher para o cachorro.

Ela estava contando casas no tabuleiro e não olhou para cima, mas o homem se virou e olhou para mim, e vi que não era um homem. Era um adolescente com Síndrome de Down. Ele me encarou com seus olhos estranhos e perturbadores por algum tempo, ficou olhando bem na minha direção, mas não acho que ele conseguia me ver de pé na escuridão. O cachorro latiu de novo e o garoto disse alguma coisa à mãe, e ela se levantou e andou em direção à janela. Dei uns passos para trás e voltei para a escuridão. Ela se inclinou para a janela, colocou a mão contra o vidro escuro e olhou lá para fora. Andei cada vez mais para trás, corri para o lado da casa, para a entrada, até chegar na rua.

Corri uma longa distância pela rua, porque queria me afastar daquela casa. Todas as coisas nela me assustaram: a boneca largada no balanço, o marido se transformando em um filho retardado e a maneira assustada como a mulher olhou para fora através da janela. A vizinhança estava deserta, mas muito iluminada pelos postes ronronantes que mais pareciam holofotes. Quando dobrei a esquina, vi um homem que levava o cachorro para passear na calçada na minha frente, então, atravessei a rua e continuei correndo, mas o homem devia ser um desses alarmistas da patrulha da vizinhança, porque gritou algo e começou a me perseguir. O cachorro latiu. Na esquina, vi um ônibus parado no ponto abrindo a porta. Uma mulher gorda, carregando várias sacolas de compra, desceu os degraus, e pensei: "Se eu continuar correndo e pegar o ônibus, o homem com o cachorro pensará que só estou correndo para poder pegar o ônibus, e não fugindo da cena de um crime." Pelo acontecido na casa assustadora, de certo modo, eu estava fugindo da cena do crime. Sabia que eu não iria preso por invadir o terreno e assistir, pela janela, a pessoas jogando um jogo de tabuleiro. Contudo, me sentia culpado, como se tivesse cometido algum crime.

10

Junho de 2003

Eu não disse nada por algum tempo. Só fiquei encarando a estante da doutora Adler. Reparei que ela tinha movido *A época da inocência* do local escondido onde ficava na prateleira de baixo para uma das prateleiras de cima. Fiquei me perguntando se isso fora um recado para mim ou se fora apenas um gesto sem sentido nenhum por trás. Provavelmente quem limpara o consultório dela colocara o livro ali.

– E o que aconteceu depois disso? – perguntou a doutora Adler.

– O que está querendo dizer?

– Acho que sabe exatamente o que quis dizer. É uma pergunta obviamente direta.

– Eu sei. Não quis perguntar o que estava querendo dizer, e sim por quê: por que você me faria essa pergunta? Se eu quisesse lhe contar o que aconteceu depois, eu contaria.

– Contaria? Não tenho certeza de que contaria.

– Por que não?

A doutora Adler deu um suspiro cansado, o que me pareceu antiprofissional a um psiquiatra.

— Acho que você é inteligente suficiente para saber o que está fazendo — falou ela. — Não acredito que isso esteja o ajudando ou nos ajudando. Na verdade, provavelmente é por isso que você está agindo assim.

Olhei para ela. Ela nunca fez declarações como essas antes, e fiquei assustado. Ela olhou diretamente em meus olhos, com uma expressão dura, clara e invariável.

— Você dificulta muito que as pessoas falem com você, algumas vezes. Muitas vezes, na verdade. Você cria obstáculos. Por que acha que faz isso?

— Porque não quero que as pessoas falem comigo — respondi.

— Por quê?

— Não sei. Simplesmente não quero.

— Acho que você quer sim.

— Podemos esquecer isso? Posso apenas lhe contar o que aconteceu depois?

— Você pode esquecer o que quiser. Você pode me dizer o que quiser.

— E se eu quiser esquecer tudo e não lhe dizer nada?

— Suponho, então, entre outras coisas, que você deve parar de vir aqui se consultar comigo.

Ela inclinou-se para trás na cadeira. Não tinha reparado que ela inclinara a cadeira para a frente em algum momento. Ela cruzou os braços e olhou para mim com suavidade e paciência, como se pudéssemos ficar ali, sentados, para sempre. Deu um leve sorriso, como se tivesse se lembrado de algo muito agradável que acontecera há muito tempo.

Não sei por que, mas aquele foi um momento bom. Um daqueles momentos em que tudo parece estar em seu devido lugar. Os lápis na caneca do Museu de Guggenheim em cima da mesa, que estavam caídos e distantes um dos outros em ângulos e direções diferentes, lembrando aqueles arranjos de flores lindos que parecem ter sido arrumados de qualquer forma e que são, na verdade, resultado de muita habilidade artística. Eu imaginei os lápis sendo o centro do universo e tudo girando ao redor deles, todos os outros itens da mesa, o consultório, o prédio, o quarteirão, a cidade e o mundo.

– Sinto-me muito bem com as coisas onde estão – falei.

Ela balançou a cabeça, como se entendesse o que eu estava falando.

– O que aconteceu depois foi que o ônibus voltou para Washington D.C. Eu desci em um bairro legal com muitos hotéis requintados, entrei no mais legal de todos e usei o cartão de crédito da minha mãe para fazer o check-in. Fiquei preocupado porque não tinha mala, e, nos filmes, os atendentes sempre suspeitam de pessoas que entram sem mala, mas isso não parecia ser um problema nesse hotel. Em seguida, peguei o elevador e usei meu cartão-chave para entrar no quarto. Era exatamente como um quarto de hotel deve ser, bem limpo, tranquilo e silencioso. Alguma coisa naquela tranquilidade e naquele silêncio faziam eu me sentir estranho, como se não devesse falar ou me mexer para não perturbar o quarto. Queria ficar tão tranquilo e silencioso quanto o quarto. Queria ficar o menor possível no quarto. Para afetar o quarto o mínimo possível. Portanto, deitei com muito cuidado na cama, tentando não bagunçar a colcha.

"Deitei na cama e pensei no que eu tinha feito. Sabia que ter ido embora do teatro fora uma coisa ruim, não ter voltado para o ônibus fora ruim, mas não havia mais nada que eu pudesse fazer a respeito disso. Portanto, não fiz nada. Pensei que o melhor a fazer fosse nada e que, assim, as coisas não podiam ficar piores. Lembrei-me do juramento que os médicos fazem. Primeiro: não faças nenhum mal. E fiquei repetindo para mim: 'Não faças nenhum mal, não faças nenhum mal, não faças nenhum mal, não faças nenhum mal', e ficou tudo bem porque eu não queria fazer nada nem pensar em nada. Em algum momento, caí no sono.

"Passei a maior parte do dia seguinte perambulando pela cidade. Estava com um pouco de medo de me deparar com o A Sala de Aula Americana em algum lugar, ou que estivessem andando pela cidade no ônibus e alguém olhasse pela janela e me visse, mas, então, percebi que aquilo nunca aconteceria. Que eu estava sozinho e que ninguém me encontraria. Ninguém sabia onde eu estava nem quem eu era. Era um dia lindo, eu me lembro, quente e primaveril, tudo verde e desabrochando. As árvores tinham folhas novas, folhas limpas e frescas, como alface. Verduras fatiadas.

"Quando escureceu, voltei para o hotel e jantei no restaurante. Era um restaurante chique muito ruim, mas ainda bem que eu estava com a roupa do A Sala de Aula Americana e, portanto, parecia um jovem rico. Lembro-me de me sentar sozinho e comer uma janta cara (e ruim), e de pensar que as outras pessoas no restaurante estivessem olhando para mim e se perguntando quem eu seria, o que estaria fazendo ali, comendo sozinho.

"Subi para o quarto e dormi da mesma maneira que à noite anterior, em cima da colcha. Acho que pensei que se não deixasse nenhum evidência de ter estado no quarto do hotel, eu poderia afirmar que nunca estivera lá. Que minha mãe não ficaria brava comigo por usar o cartão de crédito dela para pagar um quarto de trezentos dólares que mal experimentei, mal usei as toalhas, a banheira de hidromassagem e os produtos orgânicos complementares para o banho com cheiro de ylang ylang, nem me deitei nos lençóis de quatrocentos fios ou assisti à pornografia leve no centro de entretenimento do meu quarto."

Fiz uma pausa.

— Meu tempo acabou?

O olhar da doutora Adler passou direto por mim, como se ela soubesse a hora olhando para o futuro, mas sabia que ela estava apenas olhando para o relógio que ficava estrategicamente posicionado na prateleira na frente dela.

— Não — disse ela. — Por quê?

— Porque não quero começar a falar o que aconteceu no dia seguinte se não houver tempo suficiente.

— Não se preocupe com isso. Não há nenhum paciente depois de você. O que aconteceu no dia seguinte?

— No dia seguinte, fui tomar café na padaria e li o jornal. Havia uma matéria pequena sobre meu desaparecimento e uma foto. A legenda embaixo da foto dizia: "James Sveck: um desajustado desaparecido."

— Você está inventando isso? — perguntou a doutora Adler.

— Não — falei. — É verdade. Eu era o desajustado desaparecido. Faça uma busca no Google, se não acredita. Eles entrevistaram Nareem Jabbar porque ela foi a última pessoa a falar comigo, e ela falou que eu era um desajustado. Na verdade, ela disse que eu não me enquadrava muito bem, mas "James Sveck: não se enquadra e está desaparecido" não dá uma boa legenda.

— Muito bem — falou ela. — Prossiga.

Parei por alguns instantes porque não estava gostando da maneira como ela me coordenava.

— Sabia que ninguém me reconheceria, pois a foto do jornal era a foto do meu anuário da oitava série, quando eu estava na fase do cabelo longo. Tenho que admitir que parecia mesmo um desajustado.

"Depois do café da manhã, fui para a Galeria Nacional. Adoro a entrada gratuita de lá. Pode-se entrar, sair e entrar de novo. Quando encontro algo tão bom assim (o que praticamente nunca acontece), tento tirar vantagem. Então, saio por uma porta e entro por outra entrada, porque é muito bom poder entrar de graça num museu. Enfim, fiquei muito tempo no museu. Foi estranho, como se eu nunca tivesse ido a um museu. Era estranho poder entrar e apreciar todas aquelas pinturas antigas, lindas e valiosas. Era possível apreciá-las bem de perto, sem nada entre mim e o quadro. E caminhava bem devagar, observando cada quadro, e percebi que havia algo de muito belo em cada um deles. Até mesmo as feias naturezas-mortas de peixes mortos e coelhos espancados, os quadros religiosos e sangrentos, se você olhasse para suas pequenas partes de um centímetro quadrado, a pintura era linda. Fiquei pensando na diferença entre esses quadros e o teatro com jantar, e como as pinturas faziam eu me sentir bem a respeito da vida, e como o teatro com jantar fez eu me sentir mal. E sabia que a vida não era uma escolha entre a Galeria Nacional e o teatro com jantar, mas, para mim, era como se fosse, como se os dois não pudessem coexistir, como se, se houvesse um mundo com essas pinturas penduradas em salas tão bonitas que estivessem à mostra para qualquer um entrar e ver, então, como poderia haver mães de TV atuando em uma peça horrível, enquanto as pessoas as assistiam comendo frango com páprica? Sei que muitas pessoas acham isso ótimo, que o mundo é tão diversificado que há sempre algo bom para cada um, e não sei por que me sentia tão fechado, triste e ameaçado pelas coisas de que não gostava. Sabia que estava com problemas sérios e pensei: *desajustado, desajustado.*

"Em seguida, entrei em uma sala com apenas quatro quadros, e me lembrei ter visto esses quadros da última vez que estive na Galeria Nacional, que foi em um passeio da oitava série a Washington. Eles são de Thomas Cole e se chamam *A viagem da vida*. Você já viu?"

– Não. Creio que não.

— Isso é constrangedor, pois eles são quadros muito sentimentais, melodramáticos e um pouco idiotas. Retratam as quatro fases da vida do homem: infância, juventude, maturidade e velhice. Em cada um dos quadros, uma figura está descendo um rio em um barco e é guiado por um anjo. No primeiro, há um bebezinho no barco, e o barco está saindo de uma caverna escura. O útero. Está de manhã e um riacho corre calmamente em direção a um vale idílico repleto de flores. O anjo está no barco, de pé atrás do bebê, e os dois estão com os braços abertos para abraçar o mundo que está diante deles. No quadro *Juventude*, é meio-dia, e o barco adentrou pelo belo vale. O bebê se transformou em um rapaz, e ele está de pé, estendendo a mão para o futuro. O anjo está flutuando à margem, apontando o caminho como um guarda de trânsito. As nuvens tomaram forma de um castelo fantástico em meio ao céu azul. No quadro *Maturidade*, o riacho virou um rio turbulento, e a paisagem ficou rochosa e árida. O sol está se pondo e o céu está repleto de nuvens escuras. O jovem agora é um homem e ele está de pé no barco, mas agora suas mãos estão entrelaçadas em oração, enquanto o barco vai em direção às corredeiras. O anjo está bem longe, olhando para baixo por um buraco entre as nuvens, observando o barco se precipitar para a frente. É muito assustador. No último quadro, o barco entra pelo lado oposto da tela. É difícil dizer que hora do dia é, pois o céu está coberto por nuvens escuras, exceto bem mais à frente, onde há feixes de luz descendo do céu. Parece ser um crepúsculo fora de hora. O rio está prestes a desaguar em um mar imenso e negro. Um velho homem está sentado no barco, e o anjo está flutuando bem acima dele, apontando o mar e o céu negros. Bem distante, outro anjo está olhando para baixo por entre as nuvens. As mãos do velho ainda estão entrelaçadas, mas não dá para saber se ele está rezando ou suplicando ao anjo que o salve antes que navegue para dentro da enorme e assustadora escuridão.

Parei um pouco de falar.

– Você conhece muito bem esses quadros – falou a doutora Adler.

– Quando os vi pela primeira vez, na oitava série, achei que eles eram maravilhosos. Pareciam muito profundos. Comprei uma impressão deles, uma de cada um, na lojinha do museu. Não eram cartões-postais, mas impressões de verdade. Usei o dinheiro que minha mãe me dera para comprar lembrancinhas, levei-os para casa, coloquei-os em molduras baratas e os pendurei em cima da minha escrivaninha. *Infância* e *Juventude* em cima, *Maturidade* e *Velhice* embaixo. Gostava de olhar para eles. Eles são bem formalistas, mas eu gostava disso, gostava de ver como os elementos mudavam de um quadro para outro. Como as nuvens eram castelos em um e carregadas de chuva em outro. Como o vale fértil se transformava em devastação rochosa. Até que um garoto chamado Andrew Mooney veio para a minha casa depois da escola, viu as pinturas e me disse que eram idiotas e coisa de bicha. Então, eu os tirei da parede. Acho que os joguei fora. Enfim, eu os esqueci.

Parei mais uma vez.

– Certo... – murmurou a doutora Adler.

– Fiquei surpreso ao vê-los novamente, exatamente como eram, na mesma salinha. Não pude acreditar que quadros tão melodramáticos ficassem em exibição permanente na Galeria Nacional. Então, tive a sensação irracional de que eles não estavam em exibição permanente, mas que, de alguma maneira, alguém soube que eu estava voltando para lá e os pendurou de novo. Que era uma armadilha ou algo do tipo. Mas sabia que não era isso. Sabia que eles sempre estiveram lá. Acho que fazia apenas cinco anos, mas pareceu muito mais tempo. Não dá para voltar no tempo, sei disso. Mas pareceu que eu tinha feito isso. Parecia que todo o resto tinha ficado pior, aqueles cinco anos e o mundo todo, e parecia que eu era duas pessoas. É sério. Pude sentir o que sentia aos treze anos olhando para os quadros, e pude sentir o que sentira na ocasião. Fiquei naquela sala durante um bom tempo. Pensava que devia ir embora, mas não ia. Um guarda entrava várias vezes na sala e ficava me observando. Depois, fiquei triste, porque percebi que queria estar no último quadro, *Velhice*. Queria estar no barco que navegava rumo à escuridão. Queria pular a etapa do barco da *Maturidade*. O homem daquele barco parecia estar aterrorizado, e não entendia o objetivo daquilo: por que se lançar àquelas corredeiras traiçoeiras por um rio que só corria em direção à escuridão, à morte? Queria estar no barco com o velho, com todo o perigo para trás, com o anjo perto de mim, me guiando para a morte. Eu queria morrer.

"Não me lembro muito bem, mas acho que comecei a chorar, porque o guarda veio até mim e me fez sentar. As pessoas se reuniram ao meu redor como se eu fosse um quadro e ficaram me olhando. Em seguida, um outro guarda apareceu e tentou me levar, e fiquei agressivo, tentei fugir e fiz um buraco na parede com um chute. O guarda me perseguiu, e um homem da galeria seguinte me atacou. Acho que ele pensou que eu roubara ou danificara algum quadro. O guarda me levou, descemos uma escada e entramos em um escritório pequeno e horrível sem janelas, onde havia apenas uma mulher gorda comendo seu lanche nojento do *Taco Bell*. De alguma forma, eles perceberam que eu era o *Desajustado Desaparecido*. Em seguida, a polícia chegou e me levou para a delegacia. Fiquei lá até meu pai chegar para me pegar, e nós pegamos um trem de volta para Nova York naquele noite.

"No trem, meu pai me perguntou o que acontecera. Contei a ele que estava infeliz e, portanto, fugi, e ele falou 'Blá-blá-blá, você não pode fugir sempre das coisas de que não gosta. A vida não funciona assim'. Disse a ele que ele não me conhecia nem me entendia, que eu não estava infeliz só daquele jeito, que estava infeliz a ponto de querer morrer. Ele não disse mais nada depois daquilo, só deu um tapinha na minha perna, se dirigiu ao carrinho de bebidas e comprou três garrafinhas de Johnnie Walker."

Parei de falar. A doutora Adler não disse nada. Ela parecia um pouco confusa. Esperei que ela falasse alguma coisa, mas ela só ficou ali, sentada.

– Tive que escrever uma carta para o A Sala de Aula Americana me desculpando pelo problema que havia causado e tive que pagar 213,78 à Galeria Nacional referentes ao conserto do buraco na parede. Nareem Jabbar escreveu um recado se desculpando por ter me chamado de desajustado. Ela disse que o fez com as melhores das intenções, e que, na verdade, ela quis dizer que eu não me encaixava porque eu era um indivíduo único, não um desajustado.

A doutora Adler não disse nada. Ela estava usando uma pulseira encantadora com umas quinquilharias penduradas e a estava girando lentamente ao redor do pulso como uma roda-gigante. Depois de algum tempo, ela viu que eu a estava observando e parou. Balançou um pouco a pulseira e entrelaçou as mãos ao colo.

Eu falei:

– Meu tempo acabou?

Dessa vez, ela olhou para seu relógio de pulso.

– Sim – falou. – Creio que acabou.

Fiquei de pé e me dirigi até a porta.

– Você está bem? – Ela me perguntou.

– Claro que sim – respondi. – Por que não estaria bem?

– Há vários motivos para você não estar bem.

– Há vários motivos para que qualquer um não esteja bem – falei.

— É verdade — falou —, mas isso não quer dizer que você esteja bem.

Eu ainda estava de pé à porta. Ela fez uma coisa estranha. Ela se levantou, andou até mim, esticou o braço ao meu lado e abriu a porta. Com a outra mão, me tocou, com muita delicadeza, no centro das minhas costas, e manteve a mão lá até que eu passasse pela porta. Para um observador, parecia que ela estava me empurrando porta afora, mas ela não estava me empurrando. Deu para notar, pela delicadeza do seu toque, que ela não me empurrou.

11

Segunda-feira, 28 de julho de 2003

JÁ QUE A GALERIA FICAVA FECHADA AOS SÁBADOS E DOMINGOS DURANTE o verão, minha mãe insistia em mantê-la aberta às segundas-feiras, porque achava que as galerias que só abriam quatro dias por semana não eram "sérias". Na segunda-feira após o retorno prematuro da sua lua de mel, minha mãe e John ficaram grande parte do dia escondidos em suas salas com as portas trancadas. Ninguém tinha colocado os pés na galeria, e lá pelas duas da tarde, o céu ficou escuro, com um tom de verde pantanoso que me deu uma sensação assustadora de fim de mundo. De repente, começou a chover torrencialmente. A água batia contra os janelões como a chuva falsa dos filmes, e fui olhar para as pessoas na rua que corriam para encontrar abrigo. Depois de algum tempo, a rua estava deserta. Quando voltei para meu lugar, vi que uma janela tinha sido aberta em meu computador, com a mensagem:

– Olá.

Retribuí a saudação. Um instante depois, a seguinte mensagem apareceu:

— Só queria dizer que gostei de seu perfil.
Escrevi:
— Que perfil?
— Em eleparaele.com: Gostosos e entediados. Sou o Narciso Negro. Dá uma olhada no meu perfil.
— Está bem.

Sabia que era John. Pelo jeito, ele tinha achado o perfil que eu criei semana passada. Por alguns instantes, pensei em escrever "John, sou eu, James! :)", mas antes que eu pudesse fazê-lo, John escreveu:
— Você trabalha mesmo em Sotheby's?
— Trabalho.
— Nossa, que legal. Eu administro uma galeria. Em Chelsea.
— Que galeria?
— Não posso falar. Tenho que ser discreto. :)
— Tudo bem. Eu entendo.
— Você deu uma olhada no meu perfil?
— Sim. Muito bom.
— Obrigado. Gostei do seu também. Você tem foto?
— Não, desculpe.
— Tudo bem. Sua descrição é boa.
— Obrigado. A sua também.
— Está no trabalho?
— Sim.
— Eu também.
— Está movimentado aí?
— Não. Movimento fraco. E aí?
— A mesma coisa. Fica muito deserto nessa época do ano.
— Nem me fale.

Houve uma pausa e ouvi John se levantar e fechar a porta.
— Desculpe. Fui fechar a porta.
— Estamos a sós agora?

— Hahaha. Pode-se dizer que sim. Estou surpreso por não conhecê-lo. O mundo das artes é tão pequeno...
— Talvez você conheça.
— Acho que não. A única pessoa que conheço do departamento de Arte Contemporânea de Sotheby's é Kendra Katrovicht.
— Bem, eu não sou Kendra Katrovicht.
— Que bom. Você sabe quem eu sou?
— Como assim?
— Pensei que já tivesse ouvido falar de mim. Há muitos poucos homens negros no mundo das artes.
— Não conheço nenhum. Está chovendo aí no centro da cidade?
— Sim. Bastante.
— Aqui também.
— Você não está longe daqui.
— Eu sei. Olha, preciso voltar ao trabalho.
— Tudo bem. Eu também.
— Foi bom bater papo com você.
— Também gostei. Espero que mantenhamos contato.
— Claro. Adicionarei você aos meus favoritos.
— Eu também. Ótimo.
— Até mais.
— Ótimo. Tchau.
— Tchau.

Depois de alguns minutos, John surgiu de seu escritório. Pude senti-lo atrás de mim. E pude sentir o cheiro dele também: ele sempre teve um cheiro bom, um aroma quente e limpo que ressaltava a pele dele.

— Você está ocupado? — Ele me perguntou.
— Estou — respondi. — Muito ocupado. Pegue sua senha e sente-se, que logo o atenderei.
— Muito engraçado, James. Na verdade, tenho algo para você fazer. Gostaria que você ligasse para Sotheby's e pegasse o nome

de todas as pessoas que trabalham no Departamento de Arte Contemporânea. Mas não diga de onde está ligando. Não mencione a galeria, está bem?
– Você quer que eu minta?
– Não – disse John. – Só não diga a eles.
– E se eles perguntarem?
– Então, invente alguma coisa.
– Quer que eu minta, então.
– Sim – falou John.

Liguei para Sotheby's. Disse a eles que eu era um verificador de fatos do jornal *The New Yorker* e que estava atualizando nossa base de dados. Consegui o nome de todas as pessoas que trabalhavam no Departamento de Arte Contemporânea. Incluí alguns nomes falsos na lista e enviei por e-mail para o John. Alguns minutos depois, uma janela com uma mensagem apareceu em minha tela.
– Oi. – Era o que estava escrito.
– Oi. – Digitei de volta.
– Não quero que ache que estou te perseguindo, mas vou a uma recepção na Coleção Frick hoje e queria saber se quer ir comigo.

Não tinha passado pela minha cabeça que John estivesse, de fato, interessado em me encontrar. Parecia muito estranho que alguém quisesse realmente se encontrar com uma pessoa que poderia, para todos os efeitos, nem ser uma pessoa.
– Desculpe – escreveu John –, só achei que poderia ser uma boa oportunidade para nos encontrarmos. Mas você já deve ter compromisso.
– Não tenho – escrevi.
– Adoraria encontrá-lo. Você parece ser interessante. Sem considerar esse absurdo do eleparaele.com. É tão difícil encontrar homens inteligentes e interessantes.

– Por que você acha que sou inteligente e interessante?
– Bem, não conheço muitos homens idiotas e chatos que trabalhem em Sotheby's e que estudaram em Sorbonne.

Quase escrevi que não trabalhava em Sotheby's e que não havia estudado em Sorbonne, mas, então, lembrei que tinha feito tudo isso, sim. E pensei que, se pessoas inteligentes e interessantes tinham estudado em Sorbonne e trabalhado em Sotheby's, e eu não tinha feito nada disso, isso queria dizer que eu era chato e idiota? Sempre penso de forma ridiculamente redutiva, o que culpo ao uso de matemática elevada (não que fosse muito elevada), pois eu sempre ficava ávido para encontrar uma resposta que pudesse surgir da escuridão de uma equação.

– Você ainda está aí? – John digitou.
– Sim.
– Que bom. Pensei que tivesse espantado você. Podemos nos encontrar outro dia, se quiser. Ou nunca. Sei lá.
– Não – digitei. – Hoje está bom. Gostaria de encontrar você hoje.
– Que bom. É o lançamento de um novo livro sobre Fragonard. Ligarei agora para colocar seu nome na lista e o encontrarei lá às 18:30. Está bom para você?
– Claro. Está ótimo. Até lá.
– Espere. – John escreveu. – Preciso saber seu nome. Para colocar na lista.
– Ah, é. Philip Braque.

Esse foi um dos nomes inventados que incluí na lista.

– Excelente. Eu me chamo John Webster. Vejo você lá às 18:30. Vamos nos encontrar no pátio. Perto do chafariz. Será fácil me reconhecer.
– Por quê?
– Serei o único homem negro de lá.
– Nunca se sabe – escrevi.

– Acredite em mim, eu sei. Então, vejo você às 18:30.
– Está ótimo. Até lá.
– Estou muito ansioso para encontrar com você. Vejo você em breve. Até logo.
– Até logo – escrevi.

No caminho para a Coleção Frick, percebi que não estava vestido de forma adequada para uma recepção do mundo das artes, mas já era tarde para ir para casa me trocar. Coloquei minha camisa para fora da calça, na esperança de que fizesse eu parecer um pouco mais sofisticado, elegante e casual.

Uma menina da idade de Gillian estava sentada atrás da mesa da recepção na entrada do salão da Coleção Frick. Dava para ver que ela tinha, provavelmente, acabado de se formar em Vassar ou Sarah Lawrence e estava animada com seu novo trabalho de assistente de publicidade de alguma editora de arte. Esse é mais um motivo pelo qual não quero ir para a faculdade: porque não quero ser alguém que tenha acabado de sair da faculdade, presunçosamente protegido em seu primeiro "emprego de verdade", exercendo o poder de sua inexistência e pensando em ser o editor da *Vogue* ou da *Vanity Fair* em um ou dois anos. A aspirante a Anna Wintour que estava atrás da mesa tinha visões de salas de canto, almoços em restaurantes chiques e sessões de fotografia em Tangier dançando em sua cabeça.

– O museu está fechado esta noite – falou, dando um pequeno sorriso para mim. – Esta é uma recepção particular.

– Eu sei – falei. – É por isso que estou aqui.

– Ah, sim – disse ela. – Qual é o seu nome?

Quase falei James Sveck, mas, então, me lembrei que não era e disse:

– Julian Braque.

Ela correu os olhos para baixo e para cima na lista e, em seguida, para baixo de novo. Ela olhou para mim.

– Você falou Julian Braque?
– Sim – respondi. – Com "B". B-R-A-Q-U-E.
– Sei como se escreve Braque – ela disse –, e não há nenhum Julian Braque. Há um Philip Braque.
– Sou eu – falei. – Julian Philip Braque. Terceiro. Não uso meu primeiro nome para os negócios. Sempre me confundem com meu pai, Julian Braque Segundo.
– Não seria "Junior"?
– O quê?
– O nome do seu pai. O segundo é "Junior", e o terceiro é "Terceiro", mas não existe "Segundo".
– É claro que não existe – falei. – Mas meu pai tem aversão a ser chamado de Junior. Ele é um homem muito grande.
– Não tenho dúvida de que seja – disse a garota. – Bem, senhor Braque, o senhor veio como convidado de John Webster.
– Exatamente – falei.
– Tenha uma boa recepção.

Assim que entrei no pátio, vi John. Ele estava perto do chafariz ao centro, conversando com uma mulher que achei que fosse minha mãe, mas, então, percebi que praticamente todas as mulheres ali pareciam com a minha mãe, ou, para ser mais exato, minha mãe parecia com elas. Todas usavam vestidos sem manga que evidenciavam a pele bronzeada e os grandes colares pesados feitos de moeda e quinquilharias de várias civilizações antigas. A mulher com quem John conversava tinha cabelo comprido e pintado de vermelho, que ela prendera de maneira deliberadamente bagunçada no alto da cabeça e, enquanto conversava com John, ficou mexendo no cabelo, empurrando os grampos para dentro e para fora. John estava se inclinando levemente para longe dela, como se ela talvez estivesse cuspindo enquanto falava. Ele espiava o relógio a toda hora e dava umas olhadas ao redor, mas a mulher não parecia se importar (nem mesmo perceber) com a desatenção óbvia de John. Fiquei de pé, encostado na parede, debaixo de uma das galerias. Um garçom passou com uma bandeja de champanhe e peguei uma taça. Quando olhei de novo para John, ele estava olhando diretamente para mim. Ele parecia surpreso e perplexo. Levantei a taça, como que fazendo um brinde, e tomei um gole. Ele se desvencilhou da mulher de cabelo vermelho e veio na minha direção.

– James, o que está fazendo aqui? – perguntou.

Fiquei incomodado com o jeito exigente e quase crítico com que fez a pergunta, como se eu fosse um garotinho que tivesse invadido a festa dos adultos de pijama.

– O que quer dizer?

– Não brinque comigo, James. O que está fazendo aqui? Sei que não foi convidado.

– Como sabe disso?

– Você foi convidado?

– Sim. De certa forma.

– E que forma foi essa?

– Fui convidado por um convidado – falei.

– Quem você conhece aqui?

Dei uma olhada em volta esperando localizar alguém que conhecesse ou que pudesse fingir conhecer, mas, exceto pela mulher de cabelo vermelho, por quem sentia ter uma relação de amor e ódio, não havia ninguém. Olhei de novo para John e disse:

– Você.

– Sei que me conhece. Mas quem o convidou?

– Você me convidou – falei.

– Não convidei, não – disse John.

– Convidou, sim – falei.

Estava ciente de como aquilo soou infantil.

Ele olhou para mim de maneira muito estranha por algum tempo, como se nunca tivesse me visto antes.

– Não convidei você, James, convidei outra pessoa e, se você me der licença, vou ver se ele chegou.

Enquanto se afastava de mim, falei:
– Ele não chegou.
John se virou para mim.
– Como você sabe?
– Bem, ele está aqui, por assim dizer...
– Pare com esse papo, James. Não estou achando graça.

Dei uma olhada ao redor como se Philip Braque pudesse, de fato, estar ali e pudesse mostrá-lo a John e, portanto, tudo ficaria bem. Mas é claro que ele não estava ali.

– Sou eu – falei.
– O que está dizendo? – John perguntou.
– Eu sou Philip Braque.
– Era com você, então, que eu estava batendo papo essa tarde?
– Sim – respondi.

John olhou para mim e falou:
– Desculpe, James, mas você está muito perturbado. Vá se foder.

Em seguida, ele se virou e foi andando em direção a uma das salas laterais.

Ele falara essas últimas palavras tão alto que as pessoas que estavam perto se viraram e olharam para mim. Não sabia o que fazer. Bebi meu champanhe, mas, como minhas mãos estavam tremendo, derramei um pouco em minha camisa. Fingi que não notei. Senti-me um idiota ali de pé com minha camisa suja e para fora da calça, que, na verdade, parecia tola, nada sofisticada, sendo observado por todas essas pessoas elegantes e bem-sucedidas. Fiquei ali por mais algum tempo para não parecer que eu estava fugindo e, quando achei ter restabelecido o equilíbrio, me virei, atravessei o pátio e adentrei o saguão de entrada. Minha amiga estava arrumando as filas de sacolas de presente no chão de mármore.

– Não esqueça sua sacola de presente, senhor Braque.

Ela me chamou enquanto eu passava por ela e corria para a calçada. Fiquei parado ali por alguns instantes, confuso, tentando entender o que tinha acontecido, mas só conseguia pensar no fato de que John tinha dito que eu estava louco.

Ouvi alguém falar meu nome e me virei. John estava atrás de mim. Vi que ele estava com uma sacola de presente e pensei, absurdamente: "Ah, que bom. Ele não pode estar zangado se pegou uma sacola de presente."

Mas ele estava zangado.

– Venha comigo – falou.

Agarrou meu braço bem em cima do meu cotovelo e me levou até a esquina da Quinta Avenida, onde ficamos em silêncio por alguns minutos. Pensei que ele talvez fosse parar um táxi, mas aonde ele ia me levar? Será que ele ia me levar para algum lugar e me matar? Então, o sinal fechou e atravessamos a rua. Andamos um quarteirão ou dois e, em seguida, me levou para dentro de um parque e me conduziu em direção a um banco, onde ele, não muito gentilmente, me sentou.

Eram quase sete horas da noite, uma linda noite de verão, e o parque estava cheio, verde e adorável ao nosso redor. Eu sempre fico abismado com o parque, com o fato de existir um espaço aberto imenso no meio da cidade. As pessoas passeavam, andavam de skate ou corriam passando por nós. Todos pareciam calmos e felizes.

Ficamos ali sentados por algum tempo em silêncio. Estava com medo de olhar para John, portanto, fiquei observando as pessoas passarem. Acho que pensei que se eu não olhasse para ele, ele não falaria, e que ficaríamos mergulhados para sempre no idílico êxtase que nos cercava. E, de repente, não consegui aguentar o silêncio, a espera para que ele falasse, então, eu disse:

– Desculpe-me.

Ele não respondeu, só fez um estranho som de lamento. Olhei para ele. Ele estava inclinado para a frente, os cotovelos nos joelhos, a cabeça nas mãos. Ele estava chorando? Depois de um tempo, ele disse:

— Estou muito zangado com você, James.

— Eu sei – falei. – Desculpe...

— Não – ele disse. – Acho que não está entendendo. Preste atenção.

Mas ele não falou nada. Um setter irlandês passou correndo por nós, puxando um homem de patins.

— O que você fez foi muito ruim, James. Foi cruel. Não pode brincar com as pessoas desse jeito. Não é engraçado. É óbvio que você não tem ideia do que significa para mim achar que encontrei um homem inteligente e interessante que esteja interessado em mim. Significa muito para mim. Não há nada que eu queira mais do que isso. Nada.

— Desculpe-me – falei novamente.

— Foi muito cruel. Se você fosse um adulto, entenderia isso. Você achou que era engraçado?

— Não – falei. – Bem, achei sim, de alguma maneira. Não pensei que fosse levar tão a sério. Achei que fosse pensar...

— O quê?

— Não sei. Foi idiota, eu sei. Mas achei que você ficaria impressionado com o fato de eu conseguir criar uma pessoa de quem você gostasse.

— Não acha que gosto de você?

— Acho que sim. Mas não dessa maneira. Achei que você gostaria mais de mim...

— O que está querendo dizer?

— Acho que pensei que se eu conseguisse criar uma pessoa de quem você gostasse, você veria que eu sou essa pessoa.

— Mas você não é essa pessoa. Você não é nada parecido com essa pessoa.

— Eu sei – falei. – Acho que não gosto de quem eu sou. Eu quero ser essa pessoa. Quem dera ser essa pessoa.

— Bem, então, se transforme nessa pessoa. Aprenda sobre arte moderna e vá estudar em Sorbonne. Mas não brinque com a vida das outras pessoas.

Queria pedir desculpas novamente, mas sabia que não seria suficiente. Mas pedi mesmo assim, porque não sabia mais o que dizer.

Ficamos ali sentados em silêncio por mais algum tempo e, então, John se levantou.

– Vou caminhando até o West Side – disse ele.

Como não sabia por que ele estava me dizendo isso, não sabia o que responder.

– Tudo bem – falei.

– Sinto muito que isso tenha acontecido. Estou muito decepcionado com você, James.

Então, John se virou e começou a andar rapidamente para longe de mim.

Eu não sabia o que fazer. Fiquei sentado ali até escurecer. Escureceu muito devagar, quase imperceptivelmente. Em algum momento, quando parecia ter só um fio de luz no céu, os postes da pista se acenderam e, depois disso, ficou difícil distinguir a luz natural da falsa. Ou, então, acho que a luz que saía dos postes não era menos natural que a do céu, ou, então, havia algo de falso nela e, finalmente, depois de muito tempo, essa era a única luz que existia.

12

Segunda-feira, 28 de julho de 2003

Quando cheguei em casa, havia um homem sentado no sofá da sala de estar, chorando. Ele estava inclinado para frente, com a cabeça entre as mãos, cobrindo o rosto, mas sabia que estava chorando pelo som que fazia. Cheguei a pensar que era meu pai, porque não conseguia pensar em nenhum outro homem que estaria chorando em nosso apartamento que não fosse ele, mas quando fechei a porta, o homem olhou para mim. Era o senhor Rogers. Retomou sua posição encurvada, colocou o rosto entre as mãos novamente e chorou por mais trinta segundos e, de repente, parou, como se ele estivesse obedecendo a um cronômetro que fora desligado. Levantou o tronco e olhou para mim novamente.

– O que está fazendo aqui? – perguntei.

Não queria ter dado um tom interrogatório, mas acabei dando.

– Sua mãe pediu para que eu passasse aqui para pegar minhas coisas – disse ele. – E devolver minhas chaves.

Ele levantou um molho de chaves e o balançou fazendo barulho.

– Ah – falei. – Bem, ela não está aqui agora.

— Eu sei. É por isso que estou aqui. Ela queria que eu viesse quando ela não estivesse aqui. Ela disse que não quer me ver nunca mais.

Eu sabia que não tinha condições de refutar ou corroborar com essa declaração, portanto, não falei nada. Mas o senhor Rogers olhou para mim como se esperasse uma resposta.

— Você precisa de ajuda? — perguntei.

— Não — disse ele. — A menos que queira oferecer um ombro para chorar.

Presumi que estivesse brincando, mas ele falou com tanta sinceridade que não tive certeza. Então, tentei dar um sorriso a ele que sugeria que sentia pena dele e que o achava engraçado. O sorriso deve ter ficado estranho, porque ele disse:

— Não precisa olhar para mim desse jeito, James.

— Desculpe — falei.

Comecei a me encaminhar para o corredor.

— O que ela lhe contou? — Eu o ouvi dizer.

Parei de andar, mas não me virei.

— O quê? — perguntei.

— O que sua mãe lhe contou?

— Sobre o quê?

— O que ela contou que aconteceu conosco em Las Vegas?

Eu me virei e olhei para ele.

— Ela me contou que você roubou os cartões de crédito e de débito dela enquanto ela estava dormindo e que gastou ou perdeu no jogo cerca de três mil dólares.

O senhor Rogers não disse nada, só olhou para mim como se achasse que eu fosse continuar. E, quando ficou claro que não ia, ele disse:

— Legalmente, uma vez que estávamos casados, os cartões eram de propriedade comum. Ela lhe contou mais alguma coisa?

— Não — falei. — Você fez mais alguma coisa?

— Bem, fiz um monte de coisas — disse ele. — Quando se passa alguns dias em Las Vegas com alguém, se faz muitas coisas.

Esse é exatamente o tipo de declaração imbecil que o senhor Rogers costumava dar e que formou, desde o início, a péssima opinião que tenho sobre ele.

– Perguntei se você fez mais alguma coisa que pudesse ter chateado minha mãe.

– Parece que tudo que faço chateia sua mãe. Só queria que ela tivesse concluído isso antes de nos casarmos.

– Mas se ela tivesse concluído isso, duvido que tivesse se casado com você.

– É esse meu ponto – disse ele.

– É, se você tivesse roubado dinheiro dela antes de se casarem, ela poderia ter concluído isso.

– Eu não roubei – disse o senhor Rogers. – Como acabei de explicar, o dinheiro era nosso. E, de qualquer maneira, eu o estava pegando emprestado. Tinha a intenção de devolvê-lo. Na verdade, estava planejando ganhar muito e devolver para ela mais dinheiro ainda.

– Acho que não foi um bom plano, então – falei.

– Eu sei.

Inclinou-se para trás do sofá, esticou a mão e sacou um dos ossinhos desidratados de Miró, que gosta de enterrá-los nas almofadas. O senhor Rogers deu uma olhada estranha para o osso e o jogou no chão. Esfregou as mãos e suspirou.

– É isso que é triste. Sabia que era um plano ruim. Mesmo quando o estava executando, eu sabia. Quero dizer, fiquei repetindo para mim mesmo que daria tudo certo, que eu ganharia muito dinheiro, que eu seria feliz, que ela seria feliz, e eu a levaria para ver aqueles domadores de leões afeminados, tomaríamos champanhe e comeríamos ova de peixe, mas é claro que sabia que era um erro, um erro terrível. Mas o cometi mesmo assim. É a pior coisa de ser viciado em algo. Mesmo quando você está fazendo algo e amando fazê-lo, você sabe que é errado, e que é fraco e que está provavelmente arruinando sua vida.

Tal discurso me pegou de surpresa, e não sabia o que responder. O senhor Rogers baixou a cabeça e a colocou entre suas mãos de novo, mas não fez som nenhum. Depois de um tempo, falei:

– Você quis dizer "caviar"?

Não sei por que falei isso. Senti que tinha que responder algo, e essa foi a única resposta que me ocorreu.

Ele virou o rosto para cima e me olhou.

– O quê?

– Você falou que comeriam ova de peixe.

– Ova de peixe é caviar – disse ele.

– Eu sei – falei. – É só porque as pessoas costumar falar "caviar".

– Bem, eu digo ovas de peixe – disse ele. – Qual é o problema?

– Nenhum – falei.

– Você acha que é melhor do que eu por falar caviar?

O senhor Rogers me deu um olhar que normalmente é descrito como "contundente".

– Você nunca gostou de mim, não é mesmo? Você é um canalha presunçoso. Um canalha presunçoso que não sabe de nada.

Ele se empurrou para levantar-se do sofá de uma maneira exageradamente viril e ultrapassada, como se aquilo tivesse sido demais para ele, e pegou uma mala que estava no chão. Colocou a mala gentilmente sobre o sofá e a observou com muita atenção, como se ele estivesse com a mala errada. Fez um leve carinho nela, como se ela fosse seu verdadeiro amor e a estivesse salvando do mundo terrível que era nosso apartamento. Olhou para mim.

– Deixei aquela porcaria do esqui no quarto. Não posso voltar lá para pegá-lo. Pode ficar com ele. Ou colocar na rua para alguém pegar. Ou jogar pela janela. Faça como quiser.

Naqueles dias remotos de euforia do romance do senhor Rogers e da minha mãe, quando as pessoas acham que milagres podem acontecer, ele comprara um aparelho de esqui e o montara no quarto da minha mãe. Pretendia esquiar durante vinte minutos todas as noites antes de ir dormir e, com isso, devolver ao seu corpo sua antiga (e suposta) glória.

– Não se preocupe – falei. – Eu cuido disso.

– Bem, acho que a estrada acaba aqui para mim – disse ele, pegando a mala. – Pelo menos, esta estrada, especificamente.

Pensei em dizer a ele que os procedimentos do divórcio e as acusações criminosas que minha mãe faria contra ele prolongariam a estrada, mas não disse, porque ele parecia muito infeliz ali de pé com sua mala, como a ilustração de Willy Loman na capa de *A morte do caixeiro-viajante*.

– Adeus, então – falei.

– Isso, exatamente – disse ele. – Adeus, então.

Ele andou em minha direção e, por um momento terrível, pensei que fosse me abraçar, mas ele estendeu o braço e me entregou as chaves. Em seguida, se virou e saiu pela porta.

Esperei um pouco, ouvindo os passos dele enquanto descia as escadas e o *bum bum bum* da mala batendo em todos os degraus. Quando tive certeza de que ele tinha ido embora, fechei a porta e a tranquei. Passei o ferrolho. Tive a sensação estranha de que havia mais alguém no apartamento. Acho que senti isso porque abri a porta e vi o senhor Rogers sentado na sala, mas tive a impressão de que pessoas desconhecidas tinham ocupado todos os cômodos, portanto, andei pelo apartamento todo verificando todos eles. É claro que não havia ninguém lá além de Miró, que estava dormindo na cama da minha mãe. Ele levantou a cabeça e olhou para mim desinteressadamente, deu um suspiro crítico e voltou à posição inicial. Reparei que havia um pedaço de papel dobrado no chão ao lado da cama, que deve ter sido derrubado por Miró. Fui até ele, o peguei e o desdobrei. Era um bilhete do senhor Rogers para minha mãe, e eu o li:

Querida Marjorie, estou muito triste e decepcionado. Sinto muito por ter falhado comigo mesmo, mas sinto mil vezes mais por ter falhado com você. Você não sabe como isso me deixa triste – ter falhado com a pessoa que me devolveu à minha vida. Espero que saiba que sempre a amarei. Sou um idiota e, por isso, não entendo muito de perdão, mas se você conseguir encontrar o perdão em seu coração, sei que nunca mais a desapontarei, ou a mim mesmo, de novo. Por favor, me dê essa chance. Seu marido fiel, Barry.

Pensei que talvez devesse jogá-lo fora. Sabia que o bilhete aborreceria minha mãe e, já que ela não voltaria com o senhor Rogers de jeito nenhum, por que ela devia lê-lo? Ele já a tinha decepcionado uma vez, por que dar uma outra chance? Então, lembrei que, em *Tess of the D'Urbervilles*, Angel Clare não encontra o bilhete que Tess joga embaixo de sua porta porque ele escorrega para debaixo do tapete e, basicamente por causa disso, várias coisas terríveis acontecem, e ela acaba morta. Portanto, decidi não interferir no curso natural dos acontecimentos.

Fiz um sanduíche de ovo frito e comi o um terço restante do iogurte congelado Ben & Jerry Cherry Garcia que encontrei no congelador. Fui para meu quarto e fiz uma busca por casas de três quartos e dois banheiros construídas antes da década de 1950 em Indiana e que custassem menos que duzentos mil dólares. Havia muitas com essa descrição, e algumas delas eram realmente lindas. Feitas de pedra, pedras de verdade que não eram idênticas, com varandas com tela e fontes para os passarinhos tomarem banho no jardim da frente, jardins com grandes árvores antigas que subiam acima da casa, árvores que podiam ser atingidas por raios durante uma tempestade e cair sobre a casa, o que, provavelmente, não acontecia.

Um pouco depois das onze horas, ouvi minha mãe e Gillian chegarem em casa. Elas tinham ido ver *Longa jornada noite adentro*, um programa que fora o presente de aniversário de vinte e um anos de Gillian. Parece que nenhuma das duas se deu conta de que ver uma peça trágica com quatro horas de duração sobre a família mais dramática e problemática que já existiu era uma escolha estranha para uma comemoração de aniversário entre mãe e filha, mas assim é a dinâmica da minha família. Minha porta estava fechada e minha mãe bateu suavemente enquanto caminhava pelo corredor.

— O que foi? — falei.
— Você está acordado?
— Não — respondi.
— Miró já saiu para passear?
— Não.
— Você o levará antes de ir dormir?
— Sim.
— Boa-noite — falou. Parecia cansada.
— Como foi a peça? — perguntei.
— Muito boa — respondeu. — Mas muito longa. Estou exausta. Boa-noite.
— O senhor Rogers esteve aqui — falei.
— Hum — disse ela. — Falei para ele vir e pegar suas coisas. Você encontrou com ele?
— Sim — respondi. — Ele estava aqui quando cheguei.
— Sinto muito se foi estranho para você.
— Foi tudo bem — falei.
— Bem, é a última vez que o verá.

Não disse nada porque pensei "Como você sabe?". Poderia vê-lo amanhã na rua. Talvez você leia o bilhete dele e ligue para ele, e ele virá aqui hoje à noite.

— Então, boa-noite — disse minha mãe.
— Boa-noite — falei.

Alguns minutos depois, Gillian bateu em minha porta e perguntou:

— Posso entrar?

Como eu já havia tido mais que minha cota de interação humana naquela noite com John, o senhor Rogers e minha mãe, respondi que não, o que, é claro, não a impediu de entrar.

Ela abriu a porta e entrou em meu quarto, olhou ao redor durante algum tempo e, em seguida, sentou-se em minha cama, como se ela apenas quisesse entrar no quarto, e não falar comigo.

Depois de um tempo, falei:
– O que você quer?
– Mamãe pediu para eu falar com você.
– Sobre o quê?
– Sobre o que você acha que pode ser? Sobre o absurdo de eu-não-vou-para-a-faculdade-mas-vou-me-mudar-para-o-centro-oeste.
– Não é um absurdo.
– É, James, é sim. Fui orientada a vir aqui e falar para você que é um absurdo. É um absurdo, James.
– Bem, não me importo. Um absurdo para um homem é... lógica para outro.
– Como você é sábio, James. Você devia escrever um livro de provérbios.
– Vá se foder – falei.
Gillian não falou nada por um tempo e, depois, disse:
– Estou falando sério, James. Gostaria que você esquecesse tudo isso e fosse para a faculdade.
– Por que você se importa se vou para a faculdade ou não?
– Não me importo, de verdade. Acontece que mamãe falou que se eu convencesse você a ir para a faculdade, ela faria o papai me dar um carro conversível de presente de formatura. Veja bem... Se você cooperar e parar de bancar o bobo, todo mundo sairá feliz: a mamãe ficará feliz, o papai ficará feliz, e eu ficarei feliz.
– E quanto a mim?
– Você ficará feliz também. Talvez não fique feliz, mas não menos feliz do que é agora. E, honestamente, James, honestamente acho que você *seria* mais feliz. Só porque você odiou o segundo grau, não quer dizer que odiará a faculdade.

— Não odiei o segundo grau.
— Bem, você quase me enganou. Será que perdi alguma coisa? Não lembro de você ter sido votado o mais popular do colégio.
— Só porque não saí dormindo com todo mundo não quer dizer que odiei.
— Eu era popular no segundo grau. Não estamos falando sobre mim. Estamos falando de você. Não consigo entender do que você tem tanto medo.
— Não tenho medo de nada.
— Então, qual é o problema?
— O motivo pelo qual eu não vou para a faculdade não é por estar com medo. Não vou para a faculdade porque não quero ir para a faculdade.
— Eu sei, mas por que você não quer ir? Se não é por causa de medo, é por quê?
— É porque não quero que você ganhe um carro conversível. É por causa disso.
— Muito engraçado, James.
— É verdade. O motivo pelo qual não quero ir para a faculdade é que não quero fazer parte de um mundo que envolva tamanha chantagem descarada.
— Bem, detesto ter que contar a você, James, mas existe apenas um único mundo. E ele está cheio de chantagistas descarados.
— Eu sei — falei. — Não sou idiota.
— Então, o que você é? Ou você é idiota ou medroso.
— Pois é, e você é mongol ou uma megera.
— Estereótipos, James... O último recurso de mentes pequenas.
— Bem, você me chamou de idiota e medroso.
— Que são adjetivos, que *descrevem* as coisas. Ao contrário de substantivos, que *nomeiam* as coisas. Como *megera*, que, a propósito, é uma palavra grosseira que só se aplica a mulheres.
— Bem, se aplica a você — falei.

— Acho que não estamos fazendo nenhum progresso — disse Gillian.
— Por que você não vai embora, então, e me deixa em paz?
— Eu não sou assim, James. Nós dois sabemos que sou uma pessoa mais obstinada que você e, além disso, acho que quero um carro mais do que você não quer ir para a faculdade. Então, se você não tivesse um cérebro de minhoca, simplesmente decidiria ir para a faculdade e nos pouparia tempo e dor de cabeça.
— Mesmo que eu decida ir para a faculdade, o que não vai acontecer, eu me certificaria de que a mamãe soubesse que a decisão fora totalmente minha e que não fora influenciada em nada por você, para que não ganhasse seu carro idiota.

Gillian não falou nada. Ela ficou de pé e começou a andar pelo meu quarto, olhando para as coisas, tocando nas coisas.
— Sabe... — disse ela —, você pode não acreditar, mas eu fiquei com medo quando fui para a faculdade. Acho que a maioria das pessoas fica, não importa se são autoconfiantes ou populares. É o começo de uma vida completamente nova, o que dá medo. E eu odiei, no início. Você se lembra daquela minha companheira de quarto, Julianna Schumski, que parecia o Bozo e sempre peidava? E todo mundo parecia retardado ou vindo de outro planeta. Foi horrível. Mas eu preferiria nunca ter ido para a faculdade? Não.
— Estou curiosamente insensível ao seu pequeno discurso.
— O que você acha disso, então? Você vai para a faculdade, eu ganho meu carro e você fica livre para largar a faculdade e ir morar em um iglu, se quiser.
— O que você acha disso: você cala a boca e me deixa em paz?
— Você é tão cansativo, James. Talvez fosse melhor para todo mundo se você realmente fosse morar em um iglu.

Ela abriu a porta, mas não saiu: ficou de pé no portal.
— Rainer Maria ligou?
— Não sei — respondi. — O telefone tocou algumas vezes, mas não atendi.

– Por que não?
– Porque eu não estava esperando ligação nenhuma.
– Ah, sim... Ninguém nunca liga para você, não é?
– Muitos são chamados, mas poucos são escolhidos.

Gillian balançou a cabeça e saiu, fechando a porta. Esperei uns minutos e levei Miró para passear. Demos vagarosamente uma volta pelo quarteirão e sentamos na escadaria da frente. Miró gosta de sentar no degrau de cima para olhar para as pessoas e os cães que passam. Eu também gosto, principalmente nas madrugadas de verão. É como um desfile lento na escuridão. Um rapaz e uma moça passaram andando por nós: um rapaz bonito e uma moça linda; o rapaz com uma roupa listrada e a moça com um vestido sem manga antiquado. Eles estavam andando um pouco distantes um do outro, deixando um espaço entre eles; o homem andava olhando para a frente e a mulher com os braços cruzados sobre o peito, abraçando a si mesma, olhando para o próprio pé, para os dedos que escapuliam pela abertura da frente da sandália. Os dois tinham o mesmo sorriso de alegria estampado no rosto, e sabia que eles tinham se apaixonado recentemente. Talvez tenham se apaixonado ao jantarem em algum restaurante com um jardim ou mesas na calçada, talvez nem tenham se beijado ainda, e andavam afastados porque achavam que teriam a vida toda para andarem juntos e se tocarem, e queriam prolongar o momento em que se tocariam o máximo possível, e eles passaram sem notar minha presença ou a de Miró. Alguma coisa no ato de observá-los me deixou triste. Acho que era tudo muito lindo: a noite de verão, a sandália, os rostos extasiados de alegria momentânea reprimida. Senti que tinha presenciado o momento mais feliz deles, o auge, e eles estavam se afastando dele sem mesmo saber.

Miró sempre sabe quando estou triste. Ele colocou a pata em meu joelho e choramingou suavemente. Talvez ele apenas estivesse querendo me dizer que gostaria de entrar, comer seu biscoito e ir dormir, mas havia uma delicadeza em seu gesto que me confortava.

**

Quando fui dormir, ouvi um dos CDs de autoenergização da minha mãe tocando, vazando da janela dela e entrando pela minha. Deitei-me na cama e fiquei ouvindo. Uma mulher falava serenamente, sem entoação e expressão, e cada frase era pontuada pelo som de um gongo:

O passado não controla o futuro.
Você pode fazer mais do que acha.
O amor nunca é desperdiçado.
Nunca pare de aprender.
Procure pela beleza.
Você fica mais limpo a cada sono e sonho.
Aceitar o sofrimento dos outros não é dar poder para que ele o derrote.
Acredite na natureza.
Ninguém pode fazer todas as coisas que você faz.
Elogie a força e a beleza do seu corpo.
Veja na derrota um desafio.
Acredite no que ama.
Fazer o bem dá mais força para você.
Esteja aberto para o amor dos outros.
Recrie sua vida todos os dias.
Tudo está sempre mudando. Nada é para sempre.

Dez minutos depois, a voz parou de proclamar, mas a batida no fundo continuou tocando. Cada batida era mais baixa que a anterior, e o intervalo entre as batidas ficou cada vez maior e maior, até que não houvesse batida nenhuma.

13

Terça-feira, 29 de julho de 2003

John não foi trabalhar no dia seguinte. Quando cheguei, às dez horas, ele já tinha deixado uma mensagem dizendo que estava "se sentindo mal" e que ficaria em casa. Era um dia quente e ensolarado, então, esperava que ele tivesse ido à praia, mas fiquei com medo de que o que acontecera na noite anterior tivesse alguma coisa a ver com o fato de ele não ter ido trabalhar.

Senti-me mal por ter me indisposto com John.

Minha mãe também não apareceu naquela manhã, mas não havia nada de estranho naquilo. Minha mãe tinha essa ideia de que nada de importante acontecia antes do almoço e, portanto, só os subordinados – assistentes e pessoas do tipo – trabalhavam de manhã.

Às vezes eu ficava com medo de trabalhar sozinho na galeria. Qualquer um podia entrar e frequentemente o faziam, e o problema era que você tinha que ser cordial e receptivo mesmo que percebesse na hora que eram esquisitões. John me disse que se alguém parecesse realmente perigoso, eu devia dizer que a galeria ia fechar mais cedo, escoltar a pessoa até que saísse e trancar a porta. Se a pessoa se recusasse a sair, era para eu ligar para o segurança do prédio, mas como ele passava a maior parte do tempo lá fora na calçada dizendo coisas do tipo "Meu bem, você não parece feliz, eu posso te fazer muito feliz, meu bem" para as mulheres que passavam, e como o elevador (se estivesse funcionando) demorava cerca de meia hora para chegar até o sexto andar, sabia que estaria morto antes que qualquer ajuda chegasse.

Já que não havia ninguém na galeria e nada para fazer, resolvi ligar para um corretor de imóveis para saber de uma das casas em Indiana que tinha visto na noite anterior. Sabia que seria mais fácil não ir para a faculdade se tivesse um plano alternativo que funcionasse, porque seria visto como algo positivo: eu estaria fazendo alguma coisa em vez de *não* estar fazendo nada. Acessei o imoveis. com e procurei pelo catálogo. Os corretores eram um casal com o nome de Jeanine e Art Breemer. Havia uma pequena foto deles dentro da foto da casa. Jeanine estava sentada e Art estava de pé atrás dela com as mãos empurrando os ombros dela para baixo, como se ela fosse se levantar se ele a largasse. Ela parecia ser uma mulher bem atarracada, sorrindo de um jeito forçado e um tanto quanto maníaco, e estava usando uma peruca, obviamente. Art usava um casaco esporte azulado por cima de uma blusa de gola rolê branca e parecia irritado. Uma legenda embaixo da foto dizia: "Os Breemer: duas cabeças, quatro mãos e um só coração." Além de serem incompatíveis anatomicamente, eu não conseguia ver o que aquilo tinha a ver com venda de imóveis.

Disquei o número deles, me perguntando quem eu gostaria que atendesse. Na verdade, não queria falar com nenhum dos dois.

– Você ligou para os Breemer – disse uma voz. – Quem fala é Jeanine, em que posso ajudá-lo?

Eu falei:

– Estou ligando para tratar de um imóvel que vi na internet.

– Que maravilha! Em qual imóvel você está interessado?

Dei o número do imóvel e ela disse:

— Esse é o imóvel que fica em Crawdaddy Road? Ah, sim, é sim, e não estou surpresa. Essa casa é muito linda para se resumir com palavras. Você gostaria de vê-la? Adoraria mostrá-la a você.
— Sim, acho que gostaria de vê-la.
— Então, é melhor correr porque ela não ficará à venda por muito tempo. O que acha de duas horas?
— Hoje?
— Isso. Ou posso te mostrar hoje à noite, se for melhor para você. Embora eu adorasse que você a visse à tarde, a luz fica linda.
— Hoje não é bom para mim – falei.
— E amanhã? Eu poderia a qualquer hora.
— Na verdade, para mim é melhor no fim de semana.
— Está bem. Podemos combinar no sábado, então? Às duas horas? O que você acha?
— Para mim, está bom.
— Muito bem. Você poderia me dizer seu nome?
— James Sveck.
— Prazer em conhecê-lo, senhor Sveck. Você quer fazer alguma pergunta sobre a casa agora?
— Bem, estou curioso a respeito do nome da cidade. Por que se chama Edge?
— Ah, você não mora em Edge?
— Não – respondi.
— Ah, onde você mora?
— Em Nova York.
— Ah... onde em Nova York? Minha irmã mora em Skaneateles.
— Moro na cidade de Nova York.
— Ah, meu Deus! Na cidade de Nova York? E você está interessado em uma casa aqui em Edge?
— Sim, estou – falei. – Pretendo me mudar.
— Bem, não posso te criticar. Não sei como alguém ainda pode viver na cidade de Nova York. Acho que você vai amar Edge. Foi vota-

da como a décima sétima melhor cidadezinha de Indiana, sabe. Venceu Carlisle, Muggerstown e todos aqueles outros lugares esnobes.
— Por que, então, se chama Edge?
— Ah, não se preocupe com isso — disse ela e deu uma risadinha.
Essa me pareceu uma resposta estranha, mesmo vinda de Jeanine.
— Não estou preocupado com isso, só estou perguntando.
— Que bom. Porque não há motivo para se preocupar. De quem é a fala: "Que há num simples nome? O que chamamos rosa, com outro nome não teria igual perfume?"
— Hummm... Seria de Shakespeare — falei. — E de Gertrude Stein.
— Nossa, você é bom nisso! — falou ela. — Costumava saber tudo isso, todas essas coisas de poesia. Você conhece o poema *Hiawatha*? Sabia recitá-lo de cor. "Às margens do Gitchygoomie... onde o búfalo perambulava... vivia uma menina chamada Pocahontas..." É, esqueci o resto, mas eu sabia tudo. É um poema encantador. Você o conhece?
— Não — falei. — Não conheço.
— Vou encontrar meu antigo livro de poemas e o lerei para você quando vier aqui. Sei que vai amar. É repleto de rimas.
— Isso é muito reconfortante — falei. — Mas ainda estou um pouco preocupado com o nome.
— Eu já falei que não há nada com o que se preocupar. É muito seguro aqui. Mais seguro que a cidade de Nova York, isso eu posso garantir. Acho que você devia vir até aqui dar uma olhada na casa. Tenho certeza de que irá se apaixonar por ela.
— Só estou curioso para saber por que a cidade se chama Edge. Gostaria de saber isso antes de me despencar até aí.
— Não tenho a menor ideia. As cidades simplesmente têm nomes. Por que Nova York é chamada Nova York?
— Na verdade, os ingleses deram esse nome por causa de York, uma cidade da Inglaterra. Depois que os holandeses já a tinham batizado de Nova Amsterdã.

— Bem, para cada regra, há uma exceção. Mas não acho que vamos chegar a lugar algum discutindo um assunto tão bobo. Deixe eu te falar uma coisa: por que você não vem aqui para ver a casa e, se você não se apaixonar por ela, eu como meu chapéu.

Mesmo sabendo que essa era uma expressão idiomática, por algum tempo imaginei Jeanine Breemer comendo um chapéu. Por algum motivo, imaginei uma daquelas toucas de chuva que se dobram e se transformam em pequenos pacotes. Minha avó sempre tinha um em sua bolsa, e quando eu era criança, adorava pegá-lo, abri-lo e dobrar de novo. (Nunca conseguia.)

— Acho que vou procurar mais — falei.

— Ah, eu odiaria que perdesse essa oportunidade, mas você deve fazer como achar melhor. Você fez a visita virtual?

— Sim — falei.

— Grande parte dos danos são meramente superficiais — disse ela.

— Que danos?

— Ah, não quis dizer que são danos sérios. Só quis dizer que você vai querer pintar e colocar papel de parede. É incrível o que uma demão de tinta pode fazer.

— Bem, acho que terei que deixar para a próxima, mas obrigado mesmo assim.

— Está falando sério? Você nem vai dar uma olhada?

— É uma viagem muito longa para ver uma casa na qual, na verdade, nem estou interessado.

— Alguém lhe contou sobre a estação de transferência? Sabe, nem está certo ainda de que será transferida para Crawdaddy Road.

— O que é uma estação de transferência?

— É onde as pessoas deixam seus resíduos.

— Tipo um lixão? — perguntei.

— Deus, não. Será muito mais que um simples lixão. Haverá um centro de reciclagem e um Kit e Kabooble.

— O que é um Kit e Kadooble?

– *Kabooble*. Bem, é um pequeno galpão onde quem tiver uma batedeira, uma torradeira ou algo que não queira mais, se ainda estiver funcionando, ou mesmo se estiver quebrado e achar que outra pessoa possa consertar, usar algumas partes ou usar para outra coisa, como é possível usar a batedeira como um vaso de planta ou algo do tipo. Bem, é só colocar no Kit e Kabooble em vez de jogar no lixo, e alguém poderia ir até lá e pegar. É ótimo. Houve casos de pessoas que mobiliaram uma casa inteira com coisas do Kit e Kabooble. Seria tão cômodo para você com a nova casa... Bastaria você dar um pulinho fora de casa e pegar todas as coisas antes que alguém tivesse chance!

– Isso tudo parece muito bom, mas acho que não quero viver perto de um lixão.

– Ah, mas você não estaria perto dele. Estaria do outro lado da rua. E eles irão construir um muro de embelezamento ao redor dele, então, você não o verá. Pelo menos, não do primeiro andar. É claro que é lá que você passará a maior parte do seu tempo, já que o segundo andar não tem aquecedor.

– O que é um muro de embelezamento? – perguntei.

– Bem – falou ela. – É um muro, um muro muito alto, feito de madeira, acho, ou talvez de concreto, mas muito bonito, com flores ou alguma pintura nele. Eles deixaram os alunos da escola pintarem o muro de embelezamento que esconde a Estrada 36, e é muito colorido. Sempre fico alegre quando passo por ali. Ah, e vai haver arbustos também. Acho que há uma regra que diz que tem que ter um arbusto a cada dezesseis quilômetros. Sendo assim, você pode perceber que quando tudo estiver pronto conforme o prometido, somente agregará valor à sua propriedade.

– Foi ótimo falar com você, e agradeço toda sua ajuda, mas realmente acho que não estou mais interessado.

Disse "tchau" e desliguei rapidamente. Esperei um tempo, achando que ela me ligaria de volta. Não queria ser perseguido por

Jeanine Breemer. Então, senti muita pena dela. A única corretora de imóveis que conheci foi uma mulher como Poppy Lnagworthy, uma amiga da minha mãe, que vendeu vários apartamentos de um milhão de dólares simplesmente porque os mostrou a pessoas que podiam comprar apartamentos de um milhão de dólares, do que parece ter uma inesgotável oferta em Nova York. Fiquei me perguntando quando fora a última venda de Jeanine. Ela parecia um pouco desesperada. Detesto lidar com quem trabalha sob o sistema de comissão. Por muito tempo, não soube que esse tipo de emprego existia, então, quando tinha dez anos, fui até uma concessionária BMW com meu pai em Nova Jersey para comprar um carro novo, e o vendedor que nos ajudara ficou agressivo e praticamente atacou meu pai quando disse que ia dar mais uma olhada e começou a se encaminhar para a porta. Lembro-me de perguntar ao meu pai o que havia de errado com o homem, e meu pai falou que não havia nada de errado com ele, que ele era apenas um tubarão; que em alguns empregos era preciso ser tubarão, e todos compreendiam isso, e estava tudo bem. Perguntei ao meu pai se ele próprio era um tubarão, e ele falou que não, que ele estava mais para um abutre, porque deixava outros animais matarem a presa e ficava com os restos. Fiquei muito perturbado com aquelas revelações e queria perguntar a meu pai se havia emprego para carneiros e coelhos, mas, de certo modo, sabia que não devia fazer essa pergunta. Achei que fosse me tornar mais agressivo com a idade, mas não foi esse o caso, então, na verdade, esse é ainda um problema com o qual tenho que lidar. Acho que as pessoas no mundo das artes estavam mais para carneiros, mas não estão. Definitivamente, John era um tubarão com seu jeito moderno e descolado, e minha mãe dava um ótimo falcão às vezes. Esse era outro motivo irrefutável para eu me mudar da cidade de Nova York e encontrar meios de me sustentar que não envolvessem comportamento instintivo e selvagem.

    Uma mulher apareceu enquanto eu estava falando com Jeanine Breemer e estava observando atentamente cada lata de lixo. Ela tinha um caderninho de anotações e estava copiando as informações das etiquetas pregadas na parede que identificavam cada peça.

Nº 21. Alumínio, papel, objetos encontrados, cola de fragmentos de pele de coelho, caneta hidrográfica, cabelo humano. 24" X 30".

Depois de uns minutos, ela veio andando devagar até o balcão, de forma incrivelmente indiferente, como se estivesse andando para outro lugar e o balcão da recepção tivesse aparecido no caminho dela.

– Ah – disse ela –, oi!

Eu falei:

– Oi.

– Há algum catálogo? – perguntou.

Eu disse que não havia.

– Não há nenhum catálogo?

– Isso – falei –, não há nenhum catálogo.

– Por que não há nenhum catálogo?

– O artista não acredita em catálogos. Ele acredita que o trabalho deve falar por si mesmo.

– Ah – disse ela. – Que legal: as latas de lixo devem falar por si mesmas.

– Isso – respondi.

– Elas falam com você?

É claro que tive que dizer que sim. É isso que acontece quando você se envolve com certas profissões: você é forçado a declarar que latas de lixo falam com você.

– O que elas falam? – perguntou.

– Bom... – falei, para ganhar tempo. – Como são peças de arte individuais, cada uma fala uma coisa diferente.

– O que aquela ali fala para você? – Ela apontou para a lata de lixo mais perto.

Mesmo sendo dolorosamente óbvio, falei rapidamente:

– Ela me diz que tudo é lixo. Principalmente a arte. E, é claro, se a arte é lixo, então, tudo o mais é também. Até mesmo as coisas que consideramos sagradas são lixo. Tudo é descartável. Nada concreto é precioso. A religião é desprezível.

Ela deu um passo para trás, como se eu fosse tão louco quanto soava.

— Isso é muito para uma lata de lixo dizer — disse ela.

— É uma obra muito poderosa — falei.

— Bem — disse ela —, isso me dá muito em que pensar. Sou Janice Orlofsky. Escrevo para o *Artforum*.

Ela esticou a mão. Eu a apertei e disse:

— Sou Bryce Canyon.

— Você é bastante apaixonado por arte, não é, Bryce?

— Acho que sou, sim — falei.

Minha mãe apareceu naquela hora com uma roupa bem estranha: óculos escuros, um macacão com muitos e muitos zíperes e bolsos, e sapatos novos que nada mais eram do que algumas tiras de couro em cima de um enorme salto fino. Ela parecia estar um tanto quanto prejudicada pelos sapatos e pelas sombras e cambaleou cegamente pela galeria, esbarrando em algumas latas de lixo pelo caminho. Ela passou por nós sem se dar conta e desapareceu em sua sala.

Tentei pensar em uma piada na linha de "O que acontece quando se junta Helen Keller e um piloto de combate anoréxico?", mas antes que eu conseguisse, Janice falou:

— Aquela era Marjorie Dunfour?

Meu instinto foi de dizer "não", porque sabia que se minha mãe fosse uma dona de galeria decente, ela teria reconhecido Janice Orlofsky do *Artforum* e parado para falar com ela, mas estava me sentindo tão confuso por tudo que acontecera naquela manhã, ou por tudo que acontecera nas últimas vinte e quatro horas (ou por tudo que acontecera na minha vida), que resolvi que seria mais fácil falar a verdade, portanto, disse que sim.

Janice abriu seu pequeno caderno de anotações e escreveu alguma coisa (provavelmente algo cruel e condenatório sobre minha mãe) e, então, o colocou dentro de sua bolsa, que era uma lancheira da década de 1970 de *Guerra, sombra e água fresca*. Em seguida, ela se virou e foi embora, jogando, no caminho, alguma coisa em uma das latas de lixo. (Um recibo de farmácia de um kit de cera para depilação. E ela realmente fez a crítica à exposição no *Artforum* [vol. XLII, nº 2]: "Artista sem nome, materiais misturados. Galeria Dunfour & Associados, de 16 de julho a 31 de agosto de 2003. *Quando lixo é só lixo? Quando fede.*")

Naquela tarde, no consultório da doutora Adler, tentei pensar em alguma maneira de conversar sobre o que aconteceu na noite anterior com John. Enquanto eu tentava reunir meus pensamentos, o que, aparentemente, era impossível, a doutora Adler disse:

– Sabe, nós nunca falamos sobre o 11 de setembro.

Esse comentário foi totalmente estranho e irritante. Como eu já mencionei, a doutora Adler falava muito pouco durante nossas sessões, e raramente sugeria um assunto ou provocava uma conversa. Olhei para ela para ver se ela se dava conta de como seu comportamento era atípico, mas é claro que não se deu; simplesmente sorriu para mim com seu sorriso genérico e inexpressivo, e balançou a cabeça indicando que estava esperando que eu falasse.

– Não conversamos sobre vários dias.

Ela não disse nada, e quando ficou claro que eu não ia dizer mais nada, ela falou:

– Você prefere não falar sobre o dia 11 de setembro?

– Creio que esteja falando do dia 11 de setembro de 2001.

– Sim – ela falou. – Estou falando desse dia.

Eu disse:

– Fico pensando quanto tempo levou para as pessoas começarem a se referir ao dia 6 de dezembro como o dia do Ataque a Pearl Harbor. Ou começaram a chamá-lo assim imediatamente? Foi no dia seguinte, na semana seguinte, que as pessoas falaram "onde você estava no dia do Ataque a Pearl Harbor" em vez de "onde você estava no dia 6 de dezembro?".

– Acho que o dia do Ataque a Pearl Harbor é 7 de dezembro.

Ela deu um sorriso malicioso enquanto falava isso, incapaz de disfarçar a alegria em me corrigir.

– Deve ser – falei.

– Bem – disse ela –, como você gostaria de se referir ao dia 11 de setembro?

– Prefiro não me referir a ele.

– Por que não?

– Parece injusto que tenha que explicar porque não quero me referir a um assunto que você trouxe à tona, ao qual acabei de falar que não quero me referir.

Ela não disse nada daquele jeito pare-de-ser-bobo-não-vou-incentivá-lo. "Ignore-o e ele irá embora", minha mãe falava para Gillian quando éramos crianças e eu a perturbava. "Ignore-o. Tudo o que ele quer é atenção." Olhando para trás, parecia haver algo quase cruel naquilo: simultaneamente ter conhecimento e recusar o desejo de alguém por atenção, principalmente de uma criança. "Tudo que ele quer é atenção", como se fosse ruim querer atenção, como querer dinheiro, poder e fama. Talvez seja por isso que prefira ser ignorado agora: fui corrompido de maneira irreversível. É claro, tenho certeza de que fui corrompido em inúmeras maneiras irreversíveis. Ocorreu-me que a terapia é uma tentativa ineficaz de reverter a maneira irreversível com que fomos corrompidos; é como tentar inutilmente desembaraçar um grande bolo de nós impossíveis de desembaraçar.

– Na verdade, não tenho nada a falar sobre o dia 11 de setembro – falei.

– Nada?

– Isso. Realmente me incomoda o jeito com que as pessoas falam sobre ele, sobre onde estavam, o que viram, o que ficaram

sabendo, como se isso fizesse alguma diferença. Ou como os moradores de Ohio tiveram orientação para aguentar o sofrimento, como se tivesse acontecido com eles.
– Você não acha que as pessoas foram afetadas pelo que aconteceu?
– Sim, está certo, talvez elas tenham sido afetadas, mas elas não estavam em um dos aviões nem pularam dos prédios. Por isso, acho que elas tinham que ficar caladas sobre o assunto.
– Eu não estou conseguindo entendê-lo.
– Tudo bem – falei –, fique sem entender.
– Mas gostaria de entender o que pensa. O que está pensando. Você estudou em Stuyvesant, não estudou?
– Acho que sabe que estudei em Stuyvesant.
– Sim, mas às vezes, James, as pessoas fazem perguntas já sabendo a resposta. É uma prática social aceitável.
– Eu só gostaria que você me perguntasse o que gostaria de perguntar em vez de ficar me ludibriando.
– Ludibriar, esse é um verbo interessante.
– Não entendo como uma palavra pode ser mais interessante que outra.
Ela parou por uns minutos e, depois, disse:
– Você foi para a escola Stuyvesant. Stuyvesant é muito perto do ponto zero. Sendo assim, concluo que sua experiência naquele dia tenha sido bastante intensa.
– Sei que isso fará com que você ache que estou sendo hostil de propósito, mas realmente odeio esse termo.
– Que termo?
– Ponto zero.
– Ah... Por quê?
– Para mim, parece um eufemismo. Como uma fala de um filme de James Bond. E esse termo transformou o local em um destino. Como "Vamos ao Ponto Zero. Vamos ao Rockefeller Center. Vamos ao estádio dos Yankees".

— Como você quer se referir a ele?
— Não sei. O lugar do World Trade Center. Onde o World Trade Center ficava. "Vamos ao local onde ficava o World Trade Center antes dos terroristas jogarem um avião contra ele e o derrubarem."
— Está bem. Dado que a escola Stuyvesant ficava bem perto do local do World Trade Center, creio que sua vivência daquele dia tenha sido intensa.
— Acho que a vivência daquele dia foi intensa para todo mundo.
Ela balançou a cabeça tristemente.
— Tenho que concordar com você — disse ela. — Mas esse não era o meu ponto. As torres ficavam do outro lado da rua de onde você estava. Acho que você deve ter visto tudo o que aconteceu. Não acho que a experiência de todo mundo tenha sido como a sua.
De fato, vimos tudo o que aconteceu da janela da sala de aula.
Por um bom tempo, não falei nada.
Estava pensando em algo que li no jornal um mês ou dois depois do 11 de setembro de 2001. Falava sobre uma mulher que ninguém sabia que estava desaparecida. Ninguém sentiu falta dela. Ninguém deu queixa de que ela estava desaparecida. Nenhum parente ou amigo. Os vizinhos não notaram. Ela era uma pessoa tão sossegada e vivia uma vida tão solitária que a ausência dela não afetou ninguém. A única pessoa que percebeu foi a manicure. Ela tinha uma hora fixa toda semana para fazer as unhas, e quando ela não apareceu, e não conseguiram falar com ela, a manicure chamou a polícia. Eles arrombaram o apartamento dela. Encontraram um pássaro, um papagaio ou algo do tipo morto na gaiola e, é claro, nenhum sinal dela, apenas o jornal do dia 11 de setembro aberto na mesa da cozinha. Demorou mais de um mês para descobrirem que ela estava desaparecida e, se não fosse pela manicure, ninguém nunca ficaria sabendo.
Depois de uns minutos, falei:
— Estou pensando na mulher que morreu no 11 de setembro e que ninguém sabia que estava desaparecida. Você ficou sabendo?

— Acho que não — disse a doutora Adler.
Contei a ela a história, e ela disse que ouviu várias histórias como aquela, de pessoas que tinham morrido mas ninguém tinha reparado. Pelo menos, não imediatamente. Ela me perguntou por que eu estava pensando naquela mulher.
Aquela pergunta me deixou muito triste. Triste e derrotado. Porque eu sabia que ela sabia o motivo pelo qual eu estava pensando naquela mulher. Eu estava pensando em minha tendência à solidão e achava que podia terminar como aquela mulher, apenas com um pássaro, quem sabe, ou um cachorro — provavelmente com um cachorro; sei que pássaros são ótimos animais de estimação, mas acho que há algo de assustador neles —, mas sozinho, com uma vida que não tocava ou coincidia com a de ninguém, uma espécie de vida hermeticamente fechada. Sabia que a doutora Adler queria que eu dissesse, que eu me expressasse, porque ela achava que ao articular tais pensamentos eu pudesse transcendê-los ou clareá-los. Mas o que ela não sabia era que a história da mulher que desaparecera daquela maneira não me deixou triste, não achava que era trágico ela ter deixado o mundo sem causar impacto. Achava lindo. Morrer daquele jeito, desaparecer sem deixar rastro, afundar sem perturbar a superfície da água, nem mesmo uma única bolha subindo para a superfície para contar história. Era como sair sorrateiramente de uma festa para que ninguém notasse que você foi embora.
— O que fez você pensar nessa mulher? — A doutora Adler me perguntou de novo.
— Não sei — disse eu. — Ela simplesmente me veio à cabeça.
A doutora Adler olhou para mim como se dissesse "sim, está certo, mas por que ela veio à cabeça?". Sabia que podia pensar na mulher do papagaio e não pensar no motivo pelo qual pensava nela. Mas se eu soubesse porque estava pensando nela, ia querer contar à doutora Adler que, ao querer explicação para essas coisas,

ela estava perdendo outras coisas. Achei que já era suficiente eu pensar naquilo, não precisava dizê-lo. Não precisava compartilhá-lo. As pessoas acham que as coisas não são reais se não são faladas, que é o expressar de alguma coisa, e não o pensar nela, que a legitimiza. Acho que é por isso que as pessoas sempre querem que os outros digam "eu te amo". Eu penso justamente o contrário: que os pensamentos são mais verdadeiros enquanto pensamentos, que expressá-los os distorce e os enfraquece, que é melhor que eles fiquem na capela escura com temperatura controlada de aeroporto, de nossa mente, que se eles forem lançados ao ar e à luz, serão afetados de uma maneira que os alterará, como um filme de fotografia exposto acidentalmente. Então, em vez de responder à pergunta dela, falei:

– Fiz uma coisa muito errada ontem.

Ela pareceu um pouco surpresa, mas conseguiu se recuperar e disse:

– Ah, o que foi?

Contei o que fiz com o John e como ele reagiu.

Ela não disse nada por um tempo. Dava para perceber que ela ainda estava pensando na mulher do papagaio e no 11 de setembro, tentando descobrir que ligação isso tinha com o acontecido com John, e o que me perguntar para que eu conseguisse fazer a ligação. Essa era outra coisa que estava começando a me irritar sobre a terapia: como tudo devia estar ligado, e que quanto mais ligações você conseguisse fazer, melhor você ficaria. Isso me lembrou de um daqueles passatempos que fazíamos na escola primária, em que tínhamos que ligar coisas comuns dispostas em colunas diferentes e, no final das contas, havia tanta linha que tudo ficava ligado a tudo, em uma grande confusão.

– Por que acha que fez aquilo? – perguntou ela.

– Acho que queria provar que eu podia ser essa outra pessoa. Uma pessoa que atrairia John. Pensei que se eu pudesse criar essa pessoa e convencer John de que ela existia, então, de alguma maneira, eu seria essa pessoa. Ou teria potencial para ser essa pessoa. Sei que isso soa idiota, mas fez sentido para mim. Não me dei conta de que estava iludindo o John.

– Então, você está interessado no John?
– O que você quer dizer com "interessado"?
– Você sabe o que quero dizer.

Não disse nada. Estava pensando que gostaria que eu não tivesse trazido o assunto à tona e que ainda estivéssemos conversando sobre a mulher sumida.

– O que você queria que acontecesse ontem com John? – perguntou.

– Não sei – falei. – Realmente não sei o que acontece quando uma pessoa se interessa por outra, ou é uma em outra? Nunca sei direito.

– Acho que isso não importa – disse ela.

– É claro que importa – falei. – Uma forma está certa e outra está errada, e se você não se importa a ponto de consertá-la, então, você...

– Você o quê?

– Está em falta com o mundo. São pequenas coisas como essa, como usar a linguagem corretamente, que mantêm o mundo funcionando. Funcionando bem, quero dizer. Que se abrirmos mão dessas coisas, tudo se transformará em caos. Erros como esse são como pequenas rachaduras na represa. Você acha que eles não importam, mas eles se acumulam, os seus erros e o dos outros e, por isso, eles importam sim.

– Mas, às vezes, não há regras. Como nesse caso. Creio que "por outra" é normalmente usado para se referir a qualquer um e "uma em outra" é usado para se referir a duas pessoas em especial, mas acredito que isso seja um hábito, não uma regra, que não há uma forma correta, de fato.

– Como você sabe? – perguntei.

Achei que ela pudesse estar inventando.

– Inglês é meu segundo idioma. Quando se estuda um novo idioma, aprendem-se coisas desse tipo.

Não sabia que inglês era a segunda língua da doutora Adler. Ela deve ser alemã, suponho, mas ela não tem sotaque, até onde posso perceber. Sempre me sinto humilhado por pessoas que falam mais que uma língua. Tenho inveja delas. Tenho a impressão de que com dois (ou mais) vocabulários, você não só consegue dizer muito mais a mais pessoas, como também pensar mais. Muitas vezes, sinto que quero pensar em alguma coisa, mas não encontro o idioma que coincida com o pensamento, então, ele é só sentido, e não pensado. Às vezes, acho que estou pensando em sueco sem saber sueco.

– Você falou sobre o que aconteceu com você e John e depois mudou de assunto. Por que acha que fez isso? – perguntou a doutora Adler.

– Mudei de assunto?

– Para mim, pareceu que sim. Você começou a falar sobre a linguagem. Sobre o uso da palavra.

– Bem, está tudo relacionado – falei.

Só falei isso porque não gostei de ser acusado de mudar de assunto, o que fiz sem ser de propósito.

– Como estão relacionados?

"O que iludir John Webster e causar uma cena na Coleção Frick tem a ver com o uso correto da linguagem?" Parecia uma daquelas perguntas impossíveis do vestibular em que não conseguimos entender a pergunta, muito menos respondê-la. Mas, de repente, tudo fez sentido para mim.

– As duas coisas tratam da maneira correta de se fazer alguma coisa. Há uma maneira correta e adequada de usar as palavras e há uma maneira correta e adequada de se comportar com as outras pessoas. Comportei-me de forma inadequada com John e me sinto mal por isso, sendo assim, tento compensar com minha obsessão pela linguagem, que é mais fácil de controlar do que o comportamento.

Eu fiquei bem impressionado com essa resposta, mas a doutora Adler ficou olhando para mim como se ela ainda estivesse esperando que eu respondesse. Ela pareceu um pouco preocupada, e fiquei me perguntando se ela tinha me escutado. Sabia por experiência que essa era um tática que ela usava para me fazer continuar, mas achei que, como eu tinha respondido a pergunta dela, merecia algum tipo de resposta.

– O que acha disso? – perguntei.

Ela não disse nada, só encolheu os ombros um pouco, como se não estivesse pensando muito naquilo tudo. Depois, ela se sentou um pouco mais ereta e falou:

– Acho que você é muito inteligente.

Mas ela falou isso de um jeito que ficou claro que ela estava realmente dizendo que eu achava que era muito inteligente. A maldade nesse tom me magooou, portanto, não falei nada. Pensei na expressão: "ele é tão inteligente que não cabe em si." Quando estava na segunda série, a professora escreveu na seção de comentários de meu boletim: "James às vezes tem uma tendência tão grande de ser inteligente que não cabe em si." Isso pareceu uma charada para mim, como "o que é preto e branco e tem vermelho em volta?", e perguntei a minha mãe o que significava. Ela falou que significava que eu falava muito.

Depois de alguns minutos de silêncio, a doutora Adler falou:

– Bem, acabou nosso tempo por hoje.

14

Terça-feira, 29 de julho de 2003

DEI UM PULO EM CASA PARA FAZER XIXI E BEBER ALGUMA COISA NO CAMINHO de volta para a galeria. Miró estava deitado na banheira. Ele sempre deita ali no verão, porque é frio, acho. Abriu os olhos e ficou me olhando criticamente. Fiquei me perguntando se era bom urinar na frente do cachorro e logo me dei conta de como aquilo era ridículo, então, dei a Miró aquele olhar que dizia que ele era só um cachorro. Quando estamos só nós dois, quase sempre sou maldoso com Miró. Digo coisas como: "Você é só um cachorro. Você não tem passaporte ou CPF. Você não consegue abrir portas. Você está completamente a minha mercê." Ou "Corte esse cabelo. Ponha um sapato". Sei que ele não entende o que estou dizendo, mas acho que desconfia de que há algo errado.

Procurei, na geladeira, alguma coisa para beber, o que é, relativamente, uma coisa fácil de encontrar, mas já que ninguém em minha família faz compras, fica bem difícil. Àquela altura, havia uma caixa de suco de laranja com apenas algumas gotas (visto que a regra era que quem terminasse alguma coisa era responsável por substituí-la, a competição para não acabar com alguma coisa era ávida), um quarto de leite 2 por cento que estava vencido há três dias, três garrafas de cerveja, um litro de Coca-Cola diet sem cafeína que sabia que pertencia a Rainer Maria e aquelas coisas nojentas à base de leite de soja que Gillian comprara meses atrás, quando estava passando por uma suposta fase de intolerância à lactose.

Estava deixando a água da torneira correr, esperando que a água gelada viesse do local distante onde estava até a pia da nossa cozinha, quando Gillian chegou pela porta da frente. Ela entrou na cozinha e disse:

– O que você está fazendo?

Como se eu não morasse lá e não tivesse tanto direito de estar ali quanto ela.

– Não que isso seja da sua conta – respondi –, mas vim da terapia e estou indo para a galeria.

– Isso parece fantástico – falou Gillian. – No entanto, eu tive a pior manhã da minha vida.

Ela abriu a geladeira e ficou olhando para ela.

– O que houve?

– Você quer mesmo saber?

– Com certeza – falei.

– É bom ter certeza mesmo, porque é muita coisa e é uma droga.

– Tenho certeza – falei.

– Muito bem. Primeiro, eu ia encontrar Amanda Goshen na liquidação da Barneys ao meio-dia.

– Quem é Amanda Goshen?

– Ela é uma colega da Barnard. Ela estava em minha aula de redação de biografia no semestre passado.

– Você fez aula de redação de biografia? Barnard oferece aulas de redação de biografia?

– Sim – disse Gillian –, e pare de me interromper. Se é para questionar tudo o que disser, esquece.

– Está bem – falei. – Só acho um pouco estranho escrever sua biografia antes de se formar na faculdade.

– Nos dias de hoje, nunca se é jovem demais para escrever uma biografia – disse Gillian. – Fique quietinho, então. Bem, eu estava andando pela Bank Street, passando por aquele prédio de arenito que tem aquela miniatura ridícula de cerca viva crescendo em frente, e estava passando a mão por cima dela, como se passasse a mão de leve na cabeça dela, e uma mulher apareceu atrás de mim e disse: "Essa cerca é minha, é propriedade privada. Gostaria que você não batesse nela." Ela de fato usou esse verbo, "bater". E juro que mal encostei nela, sabe, só passei a mão de leve no topo, fazendo cócegas na palma da minha mão. Não pude acreditar que aquela mulher estava gritando comigo por bater na cerca viva dela, então, arranquei uma mão cheia da planta e joguei em cima dela, dizendo: "Que se fodam você e sua cerca!" E continuei andando. E ela foi gritando atrás de mim, dizendo que ia chamar a polícia. E só para melhorar, devia ter espinho ou alguma coisa na maldita cerca, porque a palma da minha mão está cortada e sangrando. Só um pouquinho, mas mesmo assim... Veja...

Ela fechou a geladeira e mostrou a palma da mão que estava, de fato, machucada.

– Então, você pode imaginar como aquilo me deixou de bom humor. Depois, cheguei à Barneys e fiquei esperando a Amanda do lado de fora, onde estava sol e quente. Estava encostada na parede, usando essa blusinha de alcinha. Coloquei as alças para baixo para não ficar com marca, e um velho veio até mim e disse um "oi" amistoso, como se me conhecesse. Achei que fosse o senhor Berkowitz e disse "oi" de maneira amistosa também. Então, percebi que não era o senhor Berkowitz, mas algum velho safado que se parece com o senhor Berkowitz. E acho que ele pensou que eu fosse uma prostituta ou algo do tipo, porque me perguntou se eu queria sair com ele. Ah, sei, sair com ele. Ele queria me levar para algum lugar, me tratar com grosseria e me dar dinheiro: isso que chamou de "sair com ele". E eu disse que não, que não queria sair com ele. Ele perguntou por que não, já que parecia que eu estava querendo sair com alguém. E eu falei que não, que não queria sair com ninguém, que só estava esperando minha amiga. Ele disse que adoraria ver minha amiga e eu sendo amigas juntas, lembre-se de que é um velho que é a cara do senhor Berkowitz, e falei para ele dar o fora. Então, ele me chamou de vagabunda e começou a se afastar. Depois, virou-se e cuspiu em mim, mas como ele não era um bom cuspidor, a baba escorreu pela camisa dele. Aí, ele me chamou de vagabunda mais uma vez e foi embora. A essa altura, já eram meio-dia e quinze e ainda estava esperando a Amanda. Esperei mais cinco minutos e meu celular tocou e, é claro, era a Amanda dizendo que não podia me encontrar porque, adivinhe, ela tinha vendido sua biografia para a HarperCollins por 600 mil dólares e que estava almoçando com seu editor na churrascaria da The Four Seasons e me perguntou se, caso eu visse as sandálias verdes de Giuseppe Zanotti, se podia comprar para ela, e ela pagaria para mim depois. Nesse momento, resolvi que não podia lidar com a liquidação da Barneys e vim andando os dez quarteirões até aqui. Pensei em comprar um café gelado, mas achei melhor não, porque achei que tivesse uma garrafa de Smartwater na geladeira, que é muito mais saudável, principalmente depois de ter bebido três copos de café. Cheguei em casa e, é claro, a Smartwater desaparecera. Foi você quem bebeu?

– Não – falei.

– Então, deve ter sido a mamãe.

– Você acha que ela mentiu?

– Quem? A mamãe?

– Não. Amanda Goshen.

– Sobre o almoço no The Four Seasons?

– Não – respondi. – Sobre vender sua biografia por 600 mil dólares. Sobre vender sua biografia, ponto final.

— Tenho certeza que é verdade. Ela tinha a melhor biografia. Tudo do melhor de ruim aconteceu com ela: incesto, loucura, uso de drogas, bulimia, alopecia... tudo que você possa imaginar. Tudo que é perfeito para uma biografia. Ela é tão sortuda...
— O que é alopecia?
— Perda de cabelo. Ela já foi careca, completamente.

Abriu a geladeira e olhou fixamente para dentro, como se a garrafa de Smartwater pudesse aparecer magicamente. Não apareceu. Fechou a geladeira.

— Ah — disse ela —, a propósito, antes que eu esqueça, Jordan Powell ligou para você hoje de manhã.
— Quem é Jordan Powell?
— Seu colega de quarto.

A princípio, não fazia ideia do que ela estava falando. Depois, me lembrei de ter recebido um grande envelope da Brown alguns dias atrás e de tê-lo jogado fora sem abrir, já que achava que abrir e ler uma correspondência da Brown só aprofundaria minha ligação com ela, como quando você abre um pacote de biscoito no supermercado e é obrigado a comprá-lo.

— Qual é o nome dele?
— Jordan Powell. Ou Howell. Não, é Powell, acho. Anotei em algum lugar. Ele está indo para Vineyard. Passará por Nova York no caminho e gostaria de encontrar com você. Falei que você ligaria para ele de volta hoje à noite.
— Mas não vou ligar — falei. — Não há motivo para ligar para ele, já que não será meu colega de quarto e que não vou para Brown. Como ele parecia ser?
— Como alguém que diz que está indo para Vineyard e que passará por Nova York. Fora isso, ele parecia ser legal.

Enchi o copo com uma água nem um pouco gelada e a bebi.
— Você vai sair? — Gillian perguntou.
— Vou — respondi. — Vou voltar para o trabalho.

– Você poderia parar na Starbucks e comprar um café gelado para mim, por favor?
– E trazer para você daqui a quatro horas?
– Não. Vá até a Starbucks, compre o café gelado, traga aqui para mim e depois vá para o trabalho.
– E quem sabe pegar sua roupa na lavanderia no caminho? – falei.
– Não faria mal se pegasse um café gelado para mim.
– Não mesmo, mas não fazer mal não é um motivo muito convincente para se fazer alguma coisa.

A galeria estava vazia (que surpresa) quando voltei e a porta da sala da minha mãe estava fechada. Sentei ao balcão. Eram duas e meia, o que significava que tinha que ficar sentado ali por mais duas horas e meia. A galeria da minha mãe ficava em um prédio de galerias cercado por outros prédios de galerias, e pensei que em cada uma dessas galerias devia haver alguém como eu, sentado sozinho no frio do ar-condicionado, sem nada para fazer, exceto tentar fingir que estava fazendo alguma coisa. Então, me dei conta de que provavelmente não eram somente as galerias, mas que, por toda a cidade, milhares de escritórios deviam estar mergulhados no torpor de meio de tarde de verão. Nova York é estranha no verão. A vida continua como o normal, mas não é, é como se todo mundo estivesse fingindo, como se todos tivessem sido escalados como protagonistas de um filme sobre sua própria vida, assim, estão a um passo de distância dela. E, em setembro, tudo volta ao normal novamente.

Levantei-me e olhei pela janela. Não havia ninguém na rua, e isso me assustava. Na cidade de Nova York, há esses momentos estranhos em que parece que todo mundo desapareceu. De vez em quando, saio de casa cedo no domingo e não há ninguém, só tranquilidade e silêncio, ou acordo de madrugada, olho pela janela e não há luzes acesas em lugar nenhum, em nenhum dos prédios que ficam ao redor da nossa casa, e penso: "Será possível que todos estejam dormindo? A cidade que nunca dorme está dormindo?" Então, alguém apareceu debaixo da minha janela, na rua: um homem levando um bassê para passear. O homem andava muito devagar, mas o cachorro andava mais devagar ainda. Era quase difícil dizer se eles estavam se mexendo. Eles me lembravam aqueles irrigadores giratórios que pulverizam a água e que são conectados a uma mangueira encostada no chão. Esses irrigadores me intrigavam muito quando eu era criança, porque pareciam se mexer sem estar se mexendo. Passava horas observando, tentando vê-los se mexer. Acho que uma criança que fica horas em um campo observando um irrigador que não parece se mover está destinada a crescer e se tornar uma pessoa perturbada como eu.

– James.

Virei-me e vi que minha mãe estava de pé ao lado do balcão da recepção. Ela estava olhando para mim de um jeito estranho, como se não me visse há muito tempo.

– O que está fazendo? – perguntou.

– Olhando pela janela – respondi.

– Ah.

Ela ficou avaliando a frase durante algum tempo, como se aquilo fosse uma atividade suspeita da qual nunca tinha ouvido falar. Ela deu uma batida com as unhas no balcão de mármore e disse:

– Gostaria de falar com você. Podemos ir a minha sala?

Isso pareceu estranho para mim, já que não havia mais ninguém na galeria. Portanto, não precisávamos ir à sala dela para ter privacidade.

– Tudo bem – falei, e a segui pelo corredor até sua sala.

Ela sentou-se à mesa e eu sentei em uma das duas cadeiras de Le Corbusier que ficavam de frente para a mesa. Era um pouco estranho que ela estivesse sentada atrás de sua mesa. Parecia muito séria e formal, e não é assim que vejo minha mãe.

Ela mexeu em algumas coisas que estavam em cima da mesa e, em seguida, parou abruptamente e entrelaçou as mãos na frente dela, como o âncora de um telejornal depois do intervalo comercial. Ela olhou para mim como se olhasse para uma câmera. Seu rosto era contido e cordial, mas dava para perceber que ela não era nenhuma das duas coisas.

– Acabei de falar com John – disse ela.

– Ah – falei.

– Ele me contou o que aconteceu na noite passada. Ele está muito aborrecido, e acho que tem razão.

– O que ele lhe contou? – perguntei.

– Ele me contou o que você fez. Que criou um perfil em um website e entrou em contato com ele.

– Na verdade, foi ele que entrou em contato comigo – falei.

– Ele não entrou em contato com você, James, porque não era o seu perfil. E quero que fique calado e me ouça.

A aparência feliz e contida desapareceu, e ela me deu um olhar assustador e feroz.

Eu disse que tudo bem.

– John está transtornado com o que você fez. Ele não quer voltar para a galeria enquanto você estiver aqui. Ele até ameaçou se demitir. Felizmente, consegui convencê-lo do contrário.

– Que bom – falei.

– Sim – disse ela. – É ótimo. Sei que você sabe como as coisas ficariam complicadas para mim se John fosse embora. Seria o fim da galeria. Não há como substituí-lo, e não consigo gerenciar a galeria sozinha. E você deve achar que isso tudo é um jogo, James, a galeria, a minha vida, a vida de John e a sua vida, mas não é. Nada disso é um jogo. Bem, talvez sua vida seja, afinal, a decisão é sua. Você acha que sua vida é um jogo?

— Não — falei.
— Mas parece. Você sabe o que é assédio sexual?
— Sei, claro que sei.
— Por que fez o que fez, então? Não lhe ocorreu que era errado? Ilegal, na verdade? Que você não deve colocar seus colegas de trabalho em situações sexuais constrangedoras?
— Não achei que estivesse fazendo isso — falei.
— Ah... O que achou que estava fazendo?
— Foi só um tipo de brincadeira.
— Uma brincadeira? Você acha que iludir uma pessoa e colocá-la em uma situação constrangedora é uma brincadeira?
— Não achei que estivesse fazendo isso. É claro que não o faria se soubesse que estava fazendo isso.
— O que achava que estava fazendo, então? Em que você estava pensando?
— Não sei — falei. — Acho que não estava pensando.
— Bem, acho que está na hora de começar a pensar — falou minha mãe. — E talvez esteja na hora de começar a pensar em mais alguém além de você mesmo.
— Sinto muito. Eu me desculpei com John. Pedi desculpas a ele. Ele não lhe contou isso?
— Contou, sim. Mas, às vezes, isso não é suficiente.
— Bem, o que mais eu posso fazer?
— Há muito pouco que possa fazer. Pelo menos, por enquanto. Portanto, cabia a mim fazer alguma coisa.
— O que você fez?
— Falei para o John que você não trabalharia mais aqui.
— Você vai me demitir?
— Bem, suponho que sim, embora não queira ver as coisas por esse ângulo.
— Ah. De que ângulo você quer ver as coisas?

– Não acho que deva falar comigo desse jeito, James. Principalmente nesta situação. Fiz o que fiz por causa do que você fez. Acho que devia pensar em você e não se preocupar comigo. Pense no que fez.
– Não entendo por que isso é um problema tão grande – falei.
– Talvez seja por isso que você precise pensar sobre isso, porque posso lhe garantir que é.
– Por quê? John é meu amigo.
– Ele não é seu amigo, James. Ele não era seu amigo antes disso e, com certeza, não é seu amigo agora. E é ainda pior se você achava que ele era seu amigo. Que você pudesse fazer algo assim com alguém que tinha como amigo.

Sabia que minha mãe estava errada. John era meu amigo, ou tinha sido meu amigo. Talvez ele não soubesse que era meu amigo, e talvez eu não fosse amigo dele, mas ele era meu amigo. E, agora, ele não queria mais me ver e devia me detestar. Percebi que era muito difícil gostar das pessoas, que dirá amá-las. Isso faz com que você só faça coisas erradas e descabidas.

– John era meu amigo – falei.
– Talvez ele fosse – minha mãe disse –, mas não acho que seja mais.

Ela disse isso com certa presunção e prazer, o que me irritou muito. Como se, pelo fato de eu ter feito algo idiota na tentativa de me aproximar de alguém, eu merecesse ser banido e ridicularizado. Fiquei revoltado porque minha própria mãe aceitava tão bem minha desgraça. Sabia que ela achava que aquilo tudo era bom para mim, provavelmente, que era uma suposta experiência de aprendizagem. O problema é que nunca aprendo nada com essas experiências. Na verdade, faço um esforço especial para *não* aprender o que quer que essas experiências devam me ensinar, porque não consigo pensar em nada mais triste do que ser uma pessoa cujo caráter é formado por experiências de aprendizagem.

– James – minha mãe falou –, sempre quis conversar com você sobre uma coisa e nunca soube como, mas depois dos acontecimentos de ontem...
– O quê? – perguntei.
– Bem... Queria saber se talvez... Você é gay?
– Por que todo mundo me pergunta se sou gay?
– Quem mais lhe perguntou isso?
– O papai.
– Ah. O que você falou para ele?
– Por que quer saber o que eu disse a ele?
– Não sei. Acho que foi apenas uma outra maneira de fazer a pergunta.
– Por que você me perguntaria isso? Você perguntou a Gillian?
– Não.
– Por que não?
– Porque não acho que Gillian seja gay.
– Então, você acha que sou gay?
– Não sei... Sim. A ideia me veio à cabeça, sim.
– Mas por que você quer saber?
– Por que quero saber? Porque você é meu filho, James. Preocupo-me com você. Quero ajudá-lo.
– Você acha que os homossexuais precisam de ajuda?
– James. Ah, James! Não sei o que fazer. Não sei como ajudá-lo. Estou tão preocupada com você e quero ajudá-lo, mas não sei como.

Não falei nada. Minha mãe começou a chorar.

Sabia que ela queria me ajudar. Sabia que era minha mãe e que me amava, e eu não queria ser cruel, ou não achava que quisesse ser cruel, mas havia algo dentro de mim, alguma coisa incorrigível e persistente, que era cruel. Fiquei irritado por ela pensar que, se eu fosse gay, ela podia fazer alguma coisa para ajudar, como se pudesse me dar um band-aid ou algo do tipo. Além disso, ser gay nos dias de hoje é muito descolado, então, por que eu precisaria de ajuda? Como minha mãe, cujo terceiro casamento durou apenas alguns dias, poderia me ajudar? Eu sabia que era gay, mas nunca tinha feito nada gay e não sabia se um dia faria. Não conseguia imaginar, não conseguia imaginar fazer nada íntimo e sexual com outra pessoa. Eu mal conseguia conversar com as outras pessoas, como poderia fazer sexo com elas, então? Portanto, eu era homossexual apenas teórica e potencialmente.

Ouvimos o barulho que indicava que alguém tinha entrado na galeria.

– Acho que precisamos conversar mais sobre isso – falou minha mãe. – Podemos conversar em casa. E acho que você deve conversar com seu pai. Já que alguém chegou, você pode voltar ao trabalho agora.

– O quê? – perguntei.

Não podia acreditar que minha mãe tinha me chamado até a sua sala, me demitido, insinuado que era um babaca socialmente retardado, um depravado e depois mandar-me voltar ao trabalho. Isso praticamente contradizia minha noção de quem ela era e como se sentia a meu respeito. Então, percebi que não suportaria ouvi-la repetir o que acabara de falar. Levantei-me e saí da sala dela antes que tivesse chance de repetir.

Quem quer que tenha entrado na galeria já tinha ido embora, então, sentei-me ao balcão da recepção, mas me veio à cabeça que, quando alguém é demitido, não volta para trabalhar, embora ficar sentado ali fazendo nada, o que provavelmente eu faria pelo resto da tarde, não era trabalhar, mas mesmo assim... Então, resolvi ir embora. Deixar que alguém entrasse e roubasse as latas de lixo, se quisesse. Deixar que minha mãe atendesse o telefone no momento raro em que ele tocasse. Fiquei de pé e olhei para a mesa, procurando por algo que devesse levar para casa. Nos filmes, quando as pessoas são demitidas, elas sempre colocam todos seus pertences em uma caixa de papelão, que levam embora solitariamente. Geralmente, há uma planta alta, uma caneca de O/A MELHOR (preencha a lacuna) DO MUNDO e um porta-retratos com fotos de pessoas queridas e feias. Não havia nada disso em minha mesa. Embora eu tenha trabalhado ali por apenas alguns meses, era meio deprimente pensar que meu mandato ali não tinha deixado a menor marca.

Então, eu saí, caminhei pelo corredor e esperei o elevador, que, é claro, estava perdido em algum lugar do espaço, e já que eu queria sair dali, desci correndo os cinco lances de escada e saí para a rua.

Encostei-me na parede do lado de fora do prédio, porque fiquei ofegante depois de descer as escadas e tive que recuperar o fôlego. O velho com o bassê estava andando em minha direção. Parecia que tinha visto o homem e o cachorro passeando do outro lado da rua há muito tempo, e pensei que o tempo passava com velocidade diferente dentro da galeria e na rua. Quase sempre tenho essa sensação, essa sensação de atordoamento, como se houvesse mudança de fuso horário de dentro para fora do prédio, ou até mesmo de uma sala para outra.

Fiquei ali, de pé, observando o homem e o cachorro passarem por mim. Não queria pensar sobre o que tinha acontecido lá em cima, portanto, estava tentando não pensar. Talvez por isso tenha me sentido tão desorientado. Cada vez que sentia que um pensamento estava se formando, eu pensava "Não pense isso. Não pense isso. Não pense isso, não pense isso. Não pense isso". Era como golpear uma mosca com um mata-moscas. Não sei quanto tempo fiquei ali, de pé. Tempo suficiente para o homem e o cão andarem até o final do quarteirão e desaparecerem na esquina. Então, percebi que não devia ficar na frente do prédio porque minha mãe poderia aparecer, e eu não queria vê-la. Então, fui até o calçadão do rio Hudson e me sentei em um banco. Estava muito quente e desagradável. Às vezes, dava para sentar em um banco no calçadão, ficar olhando para a água e esquecer da cidade que ficava atrás, da baía feia e antiga de Nova Jersey na sua frente e só se focar no rio, na luz da água e nos barcos que passavam ou na direção da água: se a maré estivesse subindo, parecia que a água estava correndo nas duas direções de uma única vez, a água salgada empurrando para cima e a água doce para baixo. Mas essa não era uma dessas vezes. Não consegui me desvencilhar da sensação da cidade atrás de mim, e o rio aparentemente não corria em nenhuma direção: simplesmente parecia estagnado e derrotado. Fiquei de pé, mas não sabia aonde ir. Não queria ir para casa porque sabia que Gillian acharia hilário o fato de eu ter sido demitido pela minha própria mãe. Também não queria ver meu pai, principalmente com seus novos olhos. Já tinha visto a doutora Adler e tinha sido um babaca com ela, e não a veria novamente até terça-feira. Então, pensei que gostaria de ver John, que ele era a única pessoa sã e normal que eu conhecia. Mas, então, me lembrei de que não podia ver John pelo que havia feito na noite anterior, que eu tinha estragado tudo com a única pessoa de que gostava, que provavelmente não o veria mais e que ele nunca mais pensaria em mim e, se pensasse, seria apenas para contar às pessoas sobre esse garoto estranho e patético que o perseguira.

15

Terça-feira, 29 de julho de 2003

Mesmo sendo apenas quatro horas, a Grand Central estava lotada e todos corriam e se empurravam para pegar o trem, a fim de sair da cidade. Parecia uma evacuação em massa de fim de mundo, com todos tentando escapar exaustivamente de uma vida infeliz para outra. Dava para perceber que eles odiavam a vida no escritório, mas também não estavam empolgados para voltar para suas esposas nervosas e filhos travessos, ou para ninguém, se morassem sozinhos. A viagem de trem era esse pequeno hiato entre as duas partes de sua vida, durante a qual poderiam simplesmente ser eles mesmos, sem chefe, sem esposa, sem amigos, sem filhos.

Sentei ao lado de uma mulher que lia a Bíblia. Ela tinha um daqueles marcadores de livro religiosos com uma imagem sangrenta de Jesus e uma franjinha rosa, e usava-o para seguir o texto de uma linha para outra. Movia os lábios e pronunciava suavemente cada palavra que lia. O Jesus que sangrava e a franjinha rosa se justapunham de tal maneira que me irritava. Era como colocar um coração machucado em uma caixa embrulhada com um lindo papel de presente. Quando ela desceu (em Woodlawn), beijou o marcador de livro e o fechou dentro da Bíblia. Às vezes, invejo as pessoas religiosas pelo consolo que encontram na fé. Faria tudo ficar muito mais fácil.

Andei da estação de trem até a casa da minha avó, passando pelas ruas residenciais com casas antigas bonitas, grandes árvores e gramados verdes. Uma equipe de jardineiros mexicanos trabalhava em uma casa, e um garoto que parecia mais novo que eu estava empurrando um cortador de grama quase do tamanho dele por todo o gramado. Ele olhou para mim e sorriu enquanto eu passava por ele, um sorriso muito feliz e amistoso, que mostrava todos os seus belos dentes brancos, como se ele estivesse orgulhoso de estar cortando a grama. Sorri para ele, e ele acenou para mim. É estranho se relacionar desse jeito com as pessoas e depois simplesmente ir embora. Não consigo entender. E é estranho porque sou antissocial, mas quando me relaciono com um estranho – mesmo que seja apenas uma troca de sorrisos e de acenos, o que não acho que seja se relacionar de verdade, mas para mim é –, sinto que não podemos prosseguir com nossa vida como se nada tivesse acontecido. Por exemplo: o garoto mexicano que estava cortando a grama em Hartsdale... Como ele foi parar lá? Onde morava? O que estava pensando? É como se a vida dele fosse uma pirâmide, um iceberg, e eu só visse a ponta, aquele pequena ponta, mas ela se estende para baixo daquilo, se espalha cada vez mais para baixo, sua vida inteira debaixo dele, dentro dele, tudo que acontecera a ele, tudo se adicionava ao momento exato, ao segundo em que ele sorriu para mim. Lembrei da mulher ao meu lado no trem lendo a Bíblia. Onde ela estaria agora? Em casa? Sabia que não era para ter descido do trem em Woodlawn e a seguido até em casa, mas se eu tivesse feito isso, sim? E se ela estava destinada a ser, ou poderia ter sido, alguém importante na minha vida? Acho que é isso que me dá mais medo: a aleatoriedade de tudo. Que as pessoas importantes para você podiam passar pela sua vida. Ou que você poderia passar pela vida delas. Como saber? Será que devia voltar e falar com o garoto mexicano? Quem sabe ele não fosse solitário como eu, quem sabe ele não lesse Denton Welch? Senti que indo embora eu o estaria abandonando, que passei minha vida toda, dia após dia, abandonando as pessoas.

Percebi que não fazia sentido sentir aquilo e não fazer nenhuma tentativa de interagir com as pessoas, mas estou começando a achar que a vida é cheia dessas incongruências trágicas.

A rua da minha avó estava assustadoramente quieta e tranquila. Ela mora no tipo de bairro onde as crianças são muito ricas e privilegiadas para fazerem algo tão simples quanto brincar na rua. Estavam em suas aulas de violino e de judô, ou foram enviadas para acampamentos equestres e artísticos. As únicas coisas alegres eram os irrigadores, aquele tipo de torneira que faz barulho de palmas, expelindo jatos brilhantes de água bem baixinho nas gramas perfeitamente verdes. As calçadas eram antigas e feitas de placas de concreto separadas, que foram quebradas por raízes de árvores e pelo constante deslocamento da Terra. Elas eram quentes e empoeiradas. Lembrei das calçadas da cidade, de como a maioria era espessa, de como você nunca gostaria de deitar e encostar a bochecha nelas. Mas as calçadas da rua de minha avó eram diferentes, eram como as ruínas da Roma Antiga, purificadas e dignificadas pelo tempo, queimadas e limpas pelo sol.

A porta da frente da casa de minha avó estava fechada. Bati, mas ninguém respondeu, então, dei a volta para entrar pela porta de trás. Na mesa da varanda havia uma caneca de café vazia e metade de um cigarro fumado apagado em um cinzeiro torto que Gillian fez quando era delicada e sem talento (não que ela tenha se tornado uma artesã talentosa quando ficou mais velha). Minha avó costumava fumar bastante, mas agora ela só fumava dois cigarros por dia: um de manhã, depois do café da manhã, e outro à noite, depois do jantar. Sempre lá fora, na varanda. Havia uma mancha de batom brilhosa e vermelha na borda da caneca de café. Eu gostava do fato de que minha avó punha batom logo de manhã, mesmo que não fosse ver ninguém durante o dia todo.

Olhei pela porta com tela para dentro da cozinha. Ela não estava lá, mas o rádio estava ligado (*All Things Considered*) e, portanto, entrei na cozinha e a chamei. Sabia que se o rádio estava ligado, era porque ela estava em casa, já que nunca sairia e o deixaria ligado. Ela tinha um aparelho de surdez, mas raramente o usava, principalmente se não havia ninguém por perto.

Ela não parecia estar no andar de baixo, então, fui para o segundo andar. A porta do quarto dela estava aberta, olhei para dentro e a vi dormindo na cama, de bruços, com os braços e as pernas abertos na direção dos quatro cantos. Era como se ela tivesse sido largada na cama de uma altura muito grande. Sabia que minha avó nunca dormiria daquele jeito; havia algo de assustador naquilo. O rosto dela estava virado para mim, a metade de baixo amassada contra a colcha, e parecia que estava babando. Pensei que ela estivesse morta.

Tudo parou por alguns instantes, como se alguém tivesse apertado o botão PAUSAR. Então, a ouvi roncar e soube que ela não estava morta.

Entrei no quarto, fiquei de pé perto da cama e chamei Nanette, mas ela não acordou. Dava para ver seus olhos se mexendo debaixo das pálpebras quase transparentes. Preocupo-me com a pele dela, principalmente com a da mão e das pálpebras. Parece que foi usada até uma quase insuportável finura, como tecido danificado pelo tempo e pela luz. Fiquei imaginando o que ela estaria sonhando. Se fosse um sonho bom, não queria despertá-la dele. Então, sentei-me em uma das cadeiras de costas retas de antiquário, que ficavam dos dois lados da escrivaninha.

A luz suave da noite de verão infiltrava-se pelas árvores que cercavam a casa e caía em feixes dourados pela janela do quarto. Podia ouvir a batida de claquete do irrigador do vizinho. E uma abelha presa em uma janela de tela, zunindo e se arremessando suavemente contra a rede, repetidamente, como se tivesse todo o tempo do mundo, como se fosse, em algum momento, encontrar um buraco na tela e fugir. Pensei em como algumas formas inferiores de vida são pacientes e confiantes, como eles acreditavam em algo além da compreensão humana.

Fiquei ali, sentado, por cerca de uma hora. Devo ter pego no sono também, mas acho que não. Eu meio que saí de mim, esqueci quem e o que eu era e onde estava. Deixei tudo fluir, virei pelo avesso a rede de dentro de mim e deixei que todos os peixes desesperados e preocupados nadassem para a liberdade.

Então, ouvi minha avó dizer:

– James.

Olhei para ela. Já tinha escurecido dentro do quarto, mas podia ver o rosto dela, ainda esmagado contra a colcha. Seus olhos estavam abertos, olhando para mim.

– Sim – falei.

Ela olhou para mim por algum tempo sem expressão, como se eu sempre estivesse lá quando ela acorda de uma soneca. Em seguida, ela se sentou. Ajeitou o cabelo e arrastou o dorso da mão pela boca, limpando a baba. Esse gesto era de uma rudeza nada característica.

– Que horas são? – perguntou ela.

– Não sei – respondi.

Ela deu uma olhada pelo quarto, para se orientar. Então, ficou de pé e bateu as mãos suavemente.

– Bem, acho que está na hora de bebermos alguma coisa. Por que você não desce e prepara uma bebida para mim, enquanto tento me recompor? Não há nada mais feio que uma senhora que acabou de acordar de um cochilo.

Lá embaixo, preparei o drinque dela – uísque de centeio com água e gelo – e despejei nozes sortidas que estavam em uma lata em uma tigela de cerâmica pequena com uma pintura do Castelo de Heidelberg dentro (sei disso porque embaixo da pintura dizia *Castelo de Heidelberg, 1928*), coloquei para tocar um disco chamado *As fontes de Roma*, que minha avó considera "a música perfeita para um drinque" em sua antiga vitrola, me sentei e esperei.

Depois de alguns minutos, a ouvi descer as escadas. Ao entrar na sala de estar, reparei que tinha mudado de vestido. Agora, ela estava usando um vestido com fundo bege, mangas curtas e coberto de grandes hortênsias rosas e azuis. Tinha ajeitado o cabelo e o rosto e colocado um batom que era da mesma cor das flores rosas de seu vestido. Ela viu a bebida esperando por ela na mesa e disse:

– Não parece delicioso?

Ela se sentou e falou:

– Estou vendo que fez um para você também. Garoto esperto.

Levantou o copo e disse:

– Estamos vivos!

Esse é um brinde que minha avó quase sempre faz, mas pode significar coisas diferentes em épocas diferentes: algumas vezes significa *Pelo menos não estamos mortos*, e outras, *É maravilhoso estarmos vivos!*. Não sabia qual era o significado dessa noite. Inclinei-me para a frente e encostei meu copo no dela:

– Sim, estamos vivos.

Ela deu um gole na bebida e, em seguida, falou:

– E está tão bom quanto parece.

Dei um gole em minha bebida. Na verdade, não gosto muito. Não gosto muito de ingerir bebida alcoólica: tende a me deixar triste e cansado. Ou mais triste e mais cansado do que normalmente sou. Sempre fico esperando aquela sensação engraçada de alegria que supostamente vem com a embriaguez, mas ela nunca chega. Portanto, fiz meu drinque muito mais fraco que o dela.

– Então... – falou ela.

Abriu uma caixa de porta-copos de prata e pegou dois. Colocou um na frente de cada um de nós e posicionou seu copo em cima do dela.

– Então... – disse ela. – A que devo esse imenso prazer?

– Que prazer?

– O prazer de receber uma visita sua.

– Não posso visitá-la?

– Vir me visitar? Sim, pode. É claro que pode.

– Na verdade... – falei, mas hesitei. Não sabia como continuar. Era muito cansativo tentar explicar a alguém o que havia de errado comigo. Lembrei-me do jardineiro mexicano que sorriu para mim, e como tinha pensado na pirâmide abaixo dele, e parecia que era isso, que ninguém podia entender quem você é em determinado momento a menos que conhecesse a pirâmide abaixo de você. Minha avó me conhecia melhor que qualquer um no mundo (inclusive melhor que minha mãe), mas, mesmo assim, parecia impossível dizer o que havia de errado. Então, baixei a cabeça e não disse nada.

A maioria das pessoas teria dito alguma coisa, me colocado contra a parede, mas minha avó não o fez. Ela tomou mais um gole de seu copo e o recolocou sobre o porta-copos, então, mexeu o porta-copos centímetros para o lado, como se estivesse no lugar errado. Depois, ficou olhando para ele, como que se pudesse se mover. Depois de um tempo, ela esticou o braço, pôs a mão em meu joelho e disse:

– Aconteceu alguma coisa?

– Aconteceu – falei.

– Isso não é bom – disse ela.

Ela esperou que eu dissesse alguma coisa, e quando não falei, encostou-se de volta na cadeira.

– Gostaria de me contar?

– Sim – respondi –, mas acho que não consigo. Não tenho certeza do que é. Não é só uma coisa. É tudo.

– Tudo? – disse ela, confirmando mais do que perguntando.

– Parece que é tudo – falei.

– Talvez haja uma coisa, uma parte disso tudo, que você possa me contar. O que o fez vir até aqui?

– Não havia outro lugar para onde eu pudesse ir. Ou quisesse ir.

Percebi que aquilo havia soado muito mal, como se a casa dela fosse minha última opção. Mas, de alguma maneira, aquilo era verdade. Fiquei péssimo.

– Bem, você é sempre bem-vindo aqui – falou minha avó. – Podemos só ficar aqui sentados e ouvindo a música, se preferir. Está com fome? Quer uma noz? – Ela pegou a tigela e a entregou para mim.

– Não, obrigado – falei.

Colocou a tigela de volta na mesa e a reposicionou enquanto dava mais um gole. Minha avó passava grande parte de sua vida reposicionando coisas, movendo objetos apenas alguns centímetros para um lado ou para outro, como se houvesse um lugar perfeito para cada coisa.

Ficamos escutando a música por um ou dois minutos e, então, ela disse:

– Não quero que tenha a ideia errada. Não costumo tirar cochilo. Nunca tiro. Sabe, meu pai não tolerava cochilos. Ele achava que faziam mal para as pessoas e para o comércio. Mal para a nação. Ele tinha muitos negócios no exterior, e os escritórios da Itália e da Espanha fechavam à tarde, todos iam para suas casas e tiravam cochilos. *Siestas.* Ele suspeitava que faziam algo muito pior, bem mais terrível que tirar um cochilo. Isso o deixava enfurecido. Ele era um verdadeiro rabugento e não confiava em pessoas que aproveitavam muito a vida. O objetivo não era esse, que ele soubesse. Recordo-me de que, uma vez, cheguei de uma festa comentando sobre algo que havia comido, acho que foi uma lagosta Newburg ou algo exótico do tipo, e ele me disse que não era educado falar de comida daquele jeito. Que o prato não era tão bom assim e que, se *fosse*, havia algo de errado com ele. A comida lá de casa sempre foi muito simples. Ele não comia nada que tivesse nome estrangeiro. Não colocava molho nem tempero em sua carne porque achava que era muito decadente. Imagine... Tempero! Ele tentou nos impedir de usar tempero também, mas minha mãe não deixou. Ele deixava que minha mãe fosse tolerante conosco, mas fingia que aquilo o repugnava. Talvez o repugnasse mesmo.

"Portanto, eu não costumo tirar cochilos. Ainda me sinto culpada quando tiro. Mas eu estava sentada lá fora na varanda esta tarde, lendo uma revista, e devo ter caído no sono, porque acordei e me senti muito estranha. Não sabia onde estava. Demorou um minuto para tudo fazer sentido, mas ainda me sentia cansada. Então, pensei que podia me deitar um pouco por alguns minutos e subi. Isso, já eram três da tarde. E agora", ela olhou para o relógio, "agora são seis e meia. Acho que estou ficando velha."

– Como se sente agora? Ainda está cansada?

– Não – disse ela, mas de um jeito cansado.

Ela parecia cansada também. Como se soubesse o que eu estava pensando, disse:

– Estou me sentindo pra lá de bem. Embora não saiba onde esse lá seria.

Parou de falar e sorriu para mim. Percebi que seu sorriso rosa não combinava com os lábios. Olhei para meu drinque. Minha avó continuou divagando sobre a expressão que utilizara, mas eu não estava ouvindo. Depois, percebi que ela parou de falar e, então, olhei para ela. Encarou-me por um tempo e, em seguida, falou:

– Ah, James. Por que você não me conta o que houve?

Não sabia por onde começar. Talvez fosse o uísque – eu já tinha terminado minha bebida –, mas me senti entusiasmado e feliz. Ainda acreditava que tudo estava errado, mas não me importava mais. Era como se eu me olhasse da Lua e pudesse ver como era minúsculo e como meus problemas eram minúsculos e estúpidos. E daí que tivesse sido despedido, e daí que tivesse sido um babaca e afastado John de mim, e daí que fosse solitário e fracassado, e daí que não quisesse ir para a faculdade? Nada disso importava de verdade. Não era como se eu estivesse em um avião que fora sequestrado e estivesse indo em direção ao World Trade Center.

– Fui demitido hoje – falei.

– Demitido?

– Isso. Do meu emprego na galeria. Pela minha mãe.

– Por que ela fez isso?

Contei a ela o que acontecera com John. Minha avó bebia seu drinque enquanto eu falava, e quando terminei, ela me entregou seu copo e disse:

– Acho que nós dois precisamos de mais um drinque antes de continuarmos. Vá fazê-los, e eu virarei o disco.

Seguimos o plano dela e, em poucos minutos, tínhamos retomado nossos lugares, nossas bebidas estavam novinhas, e o lado B de *As fontes de Roma* estava tocando.

– Sabe – disse minha avó, depois de provar seu novo drinque e de fazer um som que indicava que o tinha aprovado –, acho que essa história que você me contou é muito inspiradora. Você agiu de maneira estúpida e fez uma confusão, mas, apesar disso, achei inspiradora.

– Por quê? – perguntei.

– Por quê? Porque você quis alguma coisa e correu atrás. Você *agiu*. Agiu de maneira estúpida, mas agiu, e essa é a parte que importa. E as pessoas normalmente agem de maneira estúpida quando se trata de amor. Eu sei que eu agia.

Parou de falar por algum tempo, como se estivesse se lembrando de alguma coisa especificamente.

Fiquei surpreso por ela ter dito "amor", por ter mencionado amor como se fosse um elemento da história. Por alguns instantes, achei que tivesse escutado errado. Nunca conversei sobre ser gay ou hétero ou sobre nada remotamente relacionado a isso com minha avó. Era como se ela vivesse em outro mundo, no mundo de Hartsdale, em um mundo de homens que não temperam suas carnes, um mundo onde nada disso existia. Será que ela achou que eu amava o John?

– Você está me ouvindo, James? – Eu a ouvi dizer.

– Sim – falei.

– Não parece que está, não – falou ela. – Bem, de qualquer maneira, não acho que precise se preocupar com isso. Não importa que tenha sido demitido pela sua mãe da empresa dela: é como ser mandado para o quarto porque foi desobediente, e nada além disso. E se esse tal de John for um ser humano, ele perceberá que o que você fez, mesmo que estúpido, na verdade é lisonjeiro e muito meigo, meigo de um jeito confuso e estúpido. Mas tudo tem que ter um começo.

– Você não acha que ele vai me odiar para sempre?

– Deus, não! Talvez por uma ou duas semanas, mas para sempre? Acho muito difícil. Se ele tiver um pouco de senso de humor, com o tempo ele se sentirá até lisonjeado, e é claro que devia se sentir mesmo. Você pode enviar um bilhete, um bilhete educado pedindo desculpas, e deixar por isso mesmo. Tudo que se pode fazer nessas situações é se desculpar e, dessa maneira, a bola fica com o outro, por assim dizer.

Ela ficou de pé.

— Comprei bifes de carneiro no açougue. E abobrinha da horta do Takahashi. Estou pressupondo que vá dormir aqui. Você vai?

— Vou sim — respondi —, se estiver tudo bem por você.

— É claro que está bem. É um prazer. É melhor você ligar para sua mãe. Ela sabe que você está aqui?

Menti e disse que sim. Sabia que não era legal não contar a minha mãe onde eu estava, mas achei que, já que tinha me demitido, não tinha mais direito de saber onde eu estava.

— Ótimo — falou minha avó. — Então, todos os nossos problemas estão resolvidos?

Essa, assim como "Estamos vivos", é uma máxima da minha avó. Ela acredita muito que todos os problemas se resolvem antes de se fazer uma refeição ou de ir dormir.

— Bem — falei —, ainda tem o problema da faculdade.

— Achei que tivéssemos resolvido esse problema na semana passada.

— Na verdade, não resolvemos.

— Ajude-me a lembrar... Qual era mesmo o problema?

— Não quero ir para a faculdade.

— Bem, esse parece bem fácil de resolver. Não vá para a faculdade.

— Acho que não posso deixar de ir.

— Você não acha que pode deixar de ir para a faculdade? Não sei se estou entendendo.

— É claro que posso deixar de ir. O problema é o que eu farei se não for para a faculdade.

— Bem, esse parece um problema completamente diferente.

— Sim — falei. — Acho que é mesmo. Queria usar o dinheiro da faculdade para comprar uma casa na região centro-oeste e ir morar lá, mas agora não tenho tanta certeza se quero.

— Parece uma proposta meio sem graça. Ajude-me a lembrar... por que você não quer ir para a faculdade?

— Já tinha lhe contado. Não quero passar tanto tempo em um ambiente com aquele tipo de gente.

— Que tipo de gente?

— O tipo de gente que vai para a faculdade. Gente da minha idade.

— Existe faculdade para adultos? Ou, quem sabe, você pudesse ir para uma faculdade a distância. Embora eu suponha que ninguém *vá* para uma faculdade a distância, esse é o ponto. Você pode... bem, você pode corresponder-se com uma faculdade a distância. Você acha que Brown deixaria você se corresponder?

— Duvido – falei.

— Lembro-me de ter visto uma propaganda de um curso de trato de cachorro a distância. Acho que foi no *Jornal das donas de casa*. Algo desse tipo te interessa?

— Na verdade, não me importaria de cuidar de cachorros. Gosto de cachorros. Mas acho que meus pais não iam aprovar.

— Bem, James, você não pode passar a vida toda tentando agradar a seus pais. E, na verdade, você não precisa agradar sua mãe, não é mesmo? Ela o demitiu, no final das contas.

— É – falei –, é verdade.

— Então, por que não jantamos e resolvemos logo isso? Não consigo pensar direito quando estou faminta. Você está com fome?

— Estou – respondi.

Percebi que não tinha comido nada o dia inteiro. Tinha planejado comer alguma coisa quando passei em casa depois de ver a doutora Adler, mas fiquei frustrado com a geladeira vazia (e com Gillian).

Depois do jantar, jogamos Scrabble (minha avó ganhou) e, em seguida, enquanto eu lavava a louça, ela fumou um cigarro na varanda dos fundos. Minha avó tem um lava-louça, mas parece nunca usá-lo. Acho que ela não confia no aparelho; só acredita que a louça está limpa se ela mesma a lavar. Quando terminei de lavar, sentei-me à mesa e olhei para o quintal pela janela. Minha avó estava no centro do gramado, fumando seu cigarro. Ela estava de costas para mim, portanto, não conseguia ver seu rosto. Parecia que ela estava analisando algo no quintal do vizinho ou que estava vendo a casa dele através da janela iluminada. Lembrei de quando fiquei observando a família assustadora através da janela na noite em que escapei do teatro com jantar e, por um tempo, me senti desorientado, como quando olhamos para um espelho e há outro atrás de nós, e o mundo se abre e acaba ao final de cada um. Eu estava olhando para uma janela na casa da minha avó, e ela estava olhando através da janela (talvez) de seus vizinhos, e, quem sabe, eles também estivessem olhando através das janelas da frente para alguém da casa do outro lado da rua ou em um carro estacionado na frente da casa deles, e assim por diante pelo mundo afora. Enquanto a observava, minha avó levantou o braço, levou o cigarro à boca, tragou e, em seguida, liberou a fumaça em uma longa exalação. Quando terminou, apagou o cigarro no cinzeiro que carregava na outra mão, aquele cinzeiro torto que Gillian fizera. Esperei até que ela se virasse e voltasse para a casa, mas ela ficou ali, parada, paralisada pelo que quer que estivesse observando. Então, subi para colocar lençol na cama do quarto de hóspedes.

Depois de alguns minutos, ouvi minha avó entrar, fazer alguma coisa na cozinha (provavelmente limpou novamente as bancadas que eu já tinha limpado) e, então, subir. Estava sentado em uma das duas camas de solteiro do quarto de hóspedes, lendo uma revista *National Geographic* que retirara da pilha da mesa de cabeceira. Era uma edição de 1964, e na capa havia um cavalo branco apoiado sobre as patas traseiras. O pôster dizia: "Só em Viena: Esses dançantes garanhões brancos."

Minha avó estava de pé na porta do quarto.

– Obrigada por ter arrumado a cozinha – disse ela.

– De nada – falei. – Obrigado pelo ótimo jantar.

– Sei que não resolvemos o problema da faculdade, mas... Bem... Não acho que possa ajudá-lo muito com isso. Não entendo muito como isso funciona nos dias de hoje. Mas tenho certeza de que há opções para você, James. Estou certa de que tudo se resolverá.

– Sim – falei. – Acho que sim.

– E se tudo der errado para você na faculdade, se você realmente não gostar como teme não gostar, bem... não será perda de tempo ter ido. Ter experiências ruins às vezes ajuda; deixa mais claro o que você *deveria* estar fazendo. Sei que isso soa muito otimista, mas é verdade. Pessoas que só viveram boas experiências não são muito interessantes. Elas podem ser alegres e felizes, até certo ponto, mas não são muito profundas. Pode parecer uma infelicidade agora e tornar as coisas mais difíceis, mas é fácil sentir todas essas coisas felizes e simples. Não que a felicidade seja necessariamente simples. Porém não acho que terá uma vida assim. Acho que terá a vida certa para você. O mais difícil é não ficarmos impressionados pelas coisas ruins. Você não pode deixar que elas o derrotem. Você deve encará-las como um presente, um presente cruel, mas um presente, apesar de tudo.

"Sei que estou divagando e vou parar. Estou me sentindo esquisita desde que acordei do cochilo. Mas quero conversar com você sobre outra coisa. Sobre algo que quero que você saiba agora. É sobre meu testamento, James. Deixarei tudo da casa para você. A casa em si será vendida, mas todo o conteúdo será seu. Quero que faça o que quiser com tudo isso: guarde, venda, doe, queime na fogueira, ou qualquer outra combinação dessas coisas. E, é claro que você também ficará com um pouco de dinheiro, mas isso é muito triste para ser comentado."

Não disse nada. Não sabia o que dizer. Estava olhando uma página de ilustrações da revista, todas retratando os garanhões brancos fazendo poses diferentes.

– Só queria que você soubesse disso – falou minha avó. – Queria que soubesse que é importante para mim que você decida o que será feito com todas as minhas coisas.

– Guardarei suas coisas – falei. – Guardarei tudo.

Levantei a revista.

– Guardarei isso.

– Não – disse minha avó. – Não é isso que eu quero. São só coisas. Não significam nada. Fique apenas com o que quiser.

Ela cruzou o quarto, me deu um beijo e acariciou meu cabelo.

– Agora, vou dormir. Não entendo como posso estar cansada depois daquele longo cochilo, mas estou. Você parece cansado, também.

– Estou mesmo – falei.

– Foi um dia longo.

– É.

– Durma bem.

– Está bem – falei. – Você também. Boa-noite.

Ela disse boa-noite e saiu do quarto. Sentei-me à mesa por um tempo, folheando a revista, mas não olhando nada, na verdade. Fiquei pensando em todas as coisas da casa da minha avó e como eu as amava. Achei que, de alguma forma idiota, se eu mantivesse essas coisas perto de mim, talvez minha vida não fosse tão infeliz.

Mas sabia que elas não tinham esse poder ou poder nenhum. Eram só coisas. Objetos.

16

Quarta-feira, 30 de julho de 2003

NA MANHÃ SEGUINTE, ACORDEI POR VOLTA DAS NOVE HORAS. POR UM tempo, não soube onde estava, mas, então, reconheci as cortinas e me lembrei.

Encontrei minha avó na cozinha. Havia uma pilha enorme de abobrinhas seriamente deformadas sobre o balcão, e ela estava cortando os tubos longos e verdes, furiosamente, em rodelas.

– Nossa – falei. – Tenho pena dessas abobrinhas.

– Eu não tenho, não – disse ela. – Detesto abobrinha. A senhora Takahashi não para de entregá-las. Sempre achei o inglês dela muito bom, mas parece que ela não entende o significado de "Obrigada, mas não quero mais abobrinha". Por isso, estou fazendo pão de abobrinha. Sei que parece horrível, mas é bem comível. Quer um ovo? Adoraria deixar as abobrinhas de lado por um tempo e fazer um ovo para você.

– Não, obrigado – falei. – Vou voltar para a cidade.

– Sem tomar café da manhã? Que tal uma xícara de café?

– Pegarei um café no caminho de volta – falei.

Estava ansioso para chegar em casa, porque não queria que minha mãe pirasse, chamasse a polícia ou coisa do tipo. Prometi a ela, depois do acontecido em Washington D.C., que nunca mais desaparecia daquele jeito.

— Foi ótimo vê-la — falei. — Em breve nos falamos.

— Foi ótimo ver você também — disse ela.

Ela largou a faca e limpou as mãos no avental.

— Desculpe se eu estava esquisita ontem. Estou me sentindo muito mais eu mesma esta manhã.

— Você não estava nem um pouco esquisita — falei. — Você me deu vários conselhos bons.

— Duvido muito. Vá. Você ainda pode pegar o trem das 9:57 se correr.

Ela me deu um beijo e me empurrou porta afora.

O trem estava muito vazio. Só havia um grupo de mães de jogadores de futebol de Bronxville tagarelando, indo para a cidade para gastar dinheiro. Todas elas eram assustadoramente parecidas, como se fossem o mesmo modelo de carro, mas apenas de anos diferentes: uma usava um vestido branco de alças rosas, e outra usava um vestido rosa com bolinhas verdes. Todas vestiam sandálias e usavam óculos escuros de grife no topo de suas cabeças, que tinham penteados muito parecidos. Achei esse espetáculo um tanto quanto depressivo, porque sempre pensei, ou esperei, que os adultos não fossem tão presos a conformidades sem sentido como os meus colegas de idade pareciam ser. Sempre quis virar logo adulto, porque achava que o mundo adulto era, bem... adulto. Que os adultos não faziam parte de grupos e não eram maldosos, que a noção de ser descolado ou popular deixaria de ser o juiz de todas as coisas sociais. Mas estava começando a perceber que o mundo dos adultos era tão ilogicamente brutal e socialmente perigoso quanto o reino da infância. Mas, por trás de seu brilho de confiança e poder, dava para ver que as mulheres estavam nervosas, quase assustadas, pois sabiam que não pertenciam mais à cidade. Uma vez que se casaram com banqueiros e se mudaram para Bronxville, deixaram de ser de Nova York. A cidade é cruel, nesse sentido.

Então, pensei que se me mudasse para Indiana (apesar de que, depois da minha conversa com Jeanine Breemer, estava refletindo sobre o local) seria exilado do mesmo jeito que elas foram. Poderia voltar à cidade, mas me sentiria deslocado como as mães dos jogadores de futebol. Mesmo se, enquanto cursasse a Brown, eu fosse para casa regularmente, me sentiria assim. Tudo está sempre mudando na cidade de Nova York. Se alguém viaja por uma semana sequer, já percebe isso: o restaurante grego se transforma em um restaurante etíope. A padaria virou mais um salão especializado em unhas. Eu seria uma dessas pessoas que brotariam do metrô e olhariam à volta confusas, pois perderam a noção de leste e oeste e de onde ficava a área residencial e a área comercial. Começaria a andar para o lado errado, teria que parar e me orientar, como um turista.

Tudo isso me fez pensar que talvez eu devesse ficar aqui e ir para a faculdade, e devesse esquecer dessa história de ir para a região centro-oeste, para Providence, Rhode Island. Lembro que uma vez, na segunda série, a professora nos mostrou o mapa dos Estados Unidos e pediu para que indicássemos o maior e o menor estados. Foi fácil indicar o Alasca, mas ninguém chutou Rhode Island, porque era tão pequeno que mal dava para enxergá-lo. Era tão pequeno que seu nome teve que ser escrito no Oceano Atlântico, com uma seta apontando para a esquerda. Como poderia me mudar da maior cidade para o menor estado do país? Mesmo assim, eu não sabia o que fazer para cursar uma faculdade em Nova York, já que me candidatara e fora rejeitado por Columbia (embora eles se referissem a isso como "não encontrarem um lugar para mim"), e não seria um membro do império do mal da Universidade de Nova

York nem que me pagassem. (A Universidade de Nova York acabou, com as próprias mãos e sozinha, com a maior parte do Village, inclusive com o passeio dos cães na Washington Square: eles construíram um prédio enorme que faz sombra sobre o parque, de modo que o passeio dos cães está sempre nas sombras.)

    Às vezes fico desse jeito, como se tudo que visse me deprimisse. Tudo parece ser prova de que o mundo é um lugar de merda e que está ficando pior. Lembro de ter ficado assim em Washington e de tentar ver as coisas abandonadas no acostamento sob um ponto de vista positivo, e tentei fazer isso no trem, mas era impossível, já que estávamos passando por uma parte particularmente feia (e depressiva) do Bronx.

    Então, deixamos Bronx para trás e seguimos fazendo barulho pela ponte que ligava Manhattan ao resto do mundo. E eu podia vê-las através da janela: as torres espelhadas refletindo o sol da manhã, um nevoeiro brilhante de calor começando a embaçar o vidro brilhante. E disse para mim mesmo: "Olhe para isso, olhe para Nova York, você adora a cidade, é o seu lugar favorito." Mas só conseguia pensar no que estava me esperando lá: minha mãe, que ficaria furiosa por eu ter desaparecido de novo, depois de prometer não fazê-lo, e John. Toda vez que começava a me sentir um pouco melhor e a pensar que as coisas não eram tão ruins assim, me lembrava de John me dizendo que eu era um garoto perturbado, e conseguia vê-lo sentado no banco do parque, com a cabeça entre as mãos, sussurrando *Não há nada que queira mais do que isso*, e me sentia péssimo de novo.

    Queria que o terminal Grand Central fosse uma estação e não um terminal, como a Penn Station (embora a maioria das pessoas se refira a Grand Central como estação Grand Central). Assim, o trem passaria por ela e continuaria até chegar em outro lugar, e eu poderia passar e continuar até chegar em outro lugar, ou apenas continuar, e nunca parar. Ficaria o resto da minha vida vagando, seguro dentro de um trem, com o mundo impossível e infeliz passando rapidamente janela afora.

Tudo parecia muito tranquilo quando entrei no apartamento. Na verdade, parecia até estar abandonado. Fiquei parado na sala de estar por um tempo, tentando averiguar se havia alguém em casa. Fiquei pensando se tinham saído para me procurar ou se estariam na delegacia. Em seguida, ouvi o barulho agudo do moedor de café na cozinha e me dirigi ao corredor. Gillian estava em frente à pia de camiseta, triturando os grãos. O barulho da máquina disfarçou minha entrada, então, quando ela se virou e me viu, ficou surpresa.

– Cristo! – falou. – De onde você surgiu? Você me assustou.

– Você está fazendo café? – perguntei.

– Não – disse Gillian. – Estou fazendo uma experiência científica. É claro que estou fazendo café. Você é idiota ou o quê?

– Bem, faça um pouco para mim também, por favor.

Sentei-me à mesa.

– Onde está a mamãe?

– Não sei.

Ela colocou água na cafeteira e a ligou.

– Na cama, acho. Ou saiu, não sei. Acabei de acordar e estou de péssimo humor. Gostaria que você me deixasse em paz.

– Por que você está de mau humor?

Ela se virou e olhou para mim.

– Por que estou de mau humor? Estou de mau humor porque pessoas como você, na verdade, não *como* você, mas *você*, me fazem perguntas como "Por que você está de mau humor?" depois de pedir para me deixarem em paz.

Voltou a prestar atenção ao café.

Não disse nada por um tempo, mas, depois, falei:

– Sabe, você está se tornando uma pessoa muito desagradável.

Ela não respondeu, só ficou analisando a cafeteira, como se fosse uma experiência científica. Quando parou de coar, ela despejou o café em duas canecas. Pegou o leite na geladeira e despejou um pouco em cada uma das canecas e, em seguida, colocou uma colher de açúcar na minha. Trouxe as canecas para a mesa e colocou a adoçada na minha frente. Fiquei estupefato: não era típico de Gillian personalizar o café (ou qualquer outra coisa) para mim.

Dei um gole e falei:

– Obrigado. Está ótimo.

Ela não bebeu seu café, ficou só segurando-o em suas mãos como se estivesse frio e precisasse ser aquecido. Depois de um tempo, ela disse:

– Desculpe-me.

– Tudo bem – falei. – Já estou acostumado.

– Não – disse ela. – Você tem razão: eu realmente sou muito desagradável. Sou uma pessoa horrível.

– Você não é uma pessoa horrível – falei.

– Sou, sou sim. Sou uma pessoa horrível. E não vou discutir com você sobre isso.

– Tudo bem – falei –, mas não acho que você seja uma pessoa horrível.

Gillian não respondeu. Ela tinha um olhar estremecido, como se fosse se debulhar em lágrimas a qualquer momento. Tomamos o café em silêncio por um ou dois minutos e, de repente, Gillian disse:

– Estou de mau humor porque Rainer Maria terminou comigo.

– Ele terminou com você? – perguntei. – O que houve?

– Sim – respondeu Gillian. – A mulher dele conseguiu um trabalho muito bom na administração da universidade de Berkeley, e eles ofereceram um trabalho para ele também. Por isso, estão se mudando para lá, virando uma nova página, se comprometendo um com o outro, reafirmando seus votos e um monte de outras coisas muito revoltantes para se mencionar.

— Bem, isso não é terminar com você. Ele não terminou com você. Ele pode estar deixando você, mas não terminando com você. Há uma grande diferença.

— É, ele tentou me mostrar isso, mas não consegui perceber a diferença. É uma questão de semântica. Suponho que seja esse o preço de amar um teórico da linguagem.

— Bem, sinto muito — falei. — Gostava do R.M. Sentirei falta dele.

— Eu também — disse Gillian, de uma maneira nada irônica.

— Bem, talvez tenha sido melhor. Quero dizer, ele era um cara legal e tudo, mas era casado e muito mais velho que você. Quem sabe agora você encontre alguém mais adequado.

— "Alguém mais adequado": está parecendo um orientador educacional, James. E você não é o mais indicado para dar conselhos. O que você sabe sobre o amor?

— Nada — falei.

— Exato — disse Gillian.

— Mudei de ideia — falei. — Você é uma pessoa horrível.

Essa conversa com caráter vertiginosamente deteriorante felizmente foi interrompida pelo som da minha mãe chegando pelo corredor. Gillian falou:

— Não comente nada sobre isso. Ela não sabe.

— Ela não sabe o quê? — perguntou minha mãe.

Ela ficou de pé na porta, vestida com um roupão, o cabelo desgrenhado de tanto dormir. Parecia estar um pouco atordoada, mas isso não é incomum, já que minha mãe normalmente começa (e termina) o dia atordoada. Nenhum de nós dois respondeu à pergunta, e ela, aparentemente, esqueceu que a fizera. Simplesmente ficou ali, olhando para nós como se fôssemos bizarrices. Depois, ela disse:

— James.

Veio até mim e meio que deu um tapinha no alto da minha cabeça. Depois, falou:

– Café.

Foi até a pia e encheu uma caneca para si. Então, sentou-se à mesa conosco. Esperei que ela continuasse com seu jogo de nomear e dissesse "Mesa" ou "Gillian", mas ela simplesmente bebeu o café e ficou com um olhar vago.

Concluí que, devido ao seu estupor, era melhor tomar a iniciativa.

– Peço desculpas – falei.

Ela olhou para mim.

– Você pede desculpas?

– Isso – respondi. – Peço desculpas. Prometo nunca mais fazer isso.

– Espero que nunca mais faça isso mesmo. E, na verdade, é com John que você tem que se desculpar, não comigo.

– Mas já me desculpei com John. Mas não estou falando disso. Peço desculpas por ter desaparecido.

– Ah – disse ela. – Você desapareceu?

– Sim – falei. – Não voltei para casa ontem à noite. Você não reparou que eu não estava aqui?

– Ah, não – falou minha mãe. – Não reparei. Tive uma noite muito desagradável com Barry e estava com a cabeça cheia.

– Sem falar que estava bêbada – disse Gillian.

Minha mãe a fuzilou com os olhos, mas pareceu que doeu, na verdade, pois Gillian recuou e massageou a testa.

– Não acredito que você não notou que eu tinha desaparecido – falei.

– Vê se se manca, James – disse Gillian. – Você tem dezoito anos. Ainda quer que a mamãe o coloque para dormir?

– Não – falei. – Só achei que alguém notaria que eu não tinha vindo para casa.

— Ah, notaríamos, alguma hora – falou minha mãe. – Você só tem que ficar fora por um pouco mais de tempo, da próxima vez. Onde você estava ontem?

— Na casa da vovó.

— Sei – disse minha mãe. – E como ela está?

— Ela está bem. Na verdade, parece um pouco cansada. Aliás, ela estava tirando um cochilo quando cheguei lá.

— Você está de sacanagem – disse minha mãe. – Aquela mulher não tiraria um cochilo nem que colocassem uma arma na cabeça dela.

— Mas ela tirou. Estava em sono profundo.

— Não acredito nisso – disse minha mãe. – Ela abomina cochilos. Ela acha que é uma indicação de fraqueza de caráter.

— Na verdade – falei –, era o pai dela que pensava isso.

— O pai dela? Como você sabe?

— Ela me contou – falei. – Ela me contou tudo sobre ele. Ele parecia ser muito autoritário.

— E era mesmo – disse minha mãe. – Filho de peixe, peixinho é. Tal pai, tal filha.

— Sim – falei. – E tal mãe, tal filha.

Por um momento, achei que minha mãe não tinha entendido o que queria dizer, mas, logo depois, entendeu. Ela me olhou meio que com uma expressão magoada e surpresa.

— Você acha que sou autoritária?

— Acho que você tem tendência ao autoritarismo – falei. – E gostaria que você não dissesse coisas ruins sobre Nanette. Ela é minha avó e eu a amo, portanto, gostaria que parasse de falar coisas maldosas sobre ela o tempo todo.

A expressão magoada/surpresa cresceu. Era como se ela fosse uma atriz e o diretor dissesse "Mais, mais, maior!".

— Desculpe – falei. – Não sei por que falei isso.

Ela esticou o braço e me deu a mão.

— Não — disse ela. — Eu que peço desculpas. James, desculpe-me. Desculpe-me. Nunca mais farei isso. Prometo.
— Obrigado — falei.
— Isso foi tão comovente — disse Gillian. — Está parecendo um filme de sessão da tarde.
Minha mãe começou a fuzilá-la com os olhos de novo, mas parou no meio. Virou-se para mim.
— Bem, James, tudo que posso dizer é que, se eu tivesse percebido que você estava desaparecido ontem, ficaria muito preocupada e aborrecida. Você prometeu para seu pai e para eu... não: para seu pai e para mim que nunca mais faria isso.
— Sei que não é da minha conta — falou Gillian. — Mas é quase meio-dia. Um de vocês não devia estar na galeria?
— Não trabalho mais na galeria — falei.
— Você pediu demissão?
— Não, fui demitido.
— Por quem?
— Você acha que foi por quem? — perguntei. — Pela mamãe.
Gillian olhou para minha mãe.
— Você demitiu James? Por quê?
— Demiti James por razões que devem permanecer confidenciais. Mas ele foi readmitido.
— O quê? — perguntei.
— Você não está mais demitido — disse minha mãe. — John me ligou depois que você foi embora ontem de tarde. Ele andou pensando sobre as coisas e achou que reagiu de forma exagerada. Ainda está bastante aborrecido e irritado com o que aconteceu, assim como eu, mas parece que acha que consegue continuar trabalhando com você. Considere-se muito sortudo, James.
— O que houve? — Gillian perguntou. — O que James fez ao John?
— Isso não é da sua conta, Gillian. Isso é entre mim, John e James.
Gillian se virou para mim.

— O que você fez ao John?
— Eu o assediei sexualmente — falei. — Ou pelo menos é isso que estão dizendo.
— Está sendo dito porque é verdade, James, e quanto antes você entender isso, melhor para você.
— O que você fez a ele? — Gillian me perguntou.
— Desculpem — falou minha mãe —, mas não quero participar dessa conversa. Gostaria que conversassem sobre isso em outro lugar, em uma outra hora.
— Isso é ridículo — disse Gillian. — Você está nos dizendo sobre o que podemos e sobre o que não podemos conversar em nossa própria casa?
— Isso — disse minha mãe. — É isso mesmo que estou fazendo, mas como vocês nunca escutaram ou fizeram o que eu pedi, não tenho nenhuma esperança de que mudem agora. Suas personalidades estão completamente formadas. Meu trabalho está feito. Vou tomar um banho.
O telefone tocou. Gillian atendeu e falou:
— Ah, oi, Jordan. Como vai? Está se divertindo na cidade? Ah, que bom. Ah, é? É mesmo? Que engraçado. Eu a vi na terça-feira à noite. Maravilhosa. Ela não está incrível? Falando em destruir o cenário, você a viu arranhando as paredes? Está brincando... Duas noites seguidas? Como conseguiu os ingressos? Não, ele ainda não viu, mas tenho certeza de que vai amar. Ele está aqui do meu lado. Um segundo.
Ela colocou a mão sobre fone e virou-se para mim.
— É o Jordan — ela disse.
— Jordan? — perguntei. — Que Jordan?
— Jordan, seu colega de quarto. Falei para você que ele ligou ontem. Ele quer falar com você.
Ofereceu o telefone para mim.
— Seu colega de quarto? — minha mãe disse. — Em Brown?

— Isso — Gillian falou. — Jordan Powell. Ou Howell. Ele é encantador. Ligou para James ontem e eu disse que James ligaria de volta à noite, mas acho que, como fugiu para a casa da vovó, não chegou a fazê-lo.
— Falei para você que não ligaria de volta — respondi. — Ele não é meu colega de quarto. Não vou para Brown.
— Por favor — minha mãe disse —, não comece com esse absurdo de novo.
— Não é um absurdo e não posso começar de novo algo que nunca parei de fazer.
— Um segundo, Jordan. James já vai atender — disse Gillian.
Ela deu a volta na mesa e entregou o telefone para mim.
— James, não seja um babaca. Ele ligou para você duas vezes. Está sendo simpático. Quer levar você para ver *Longa jornada noite adentro*.
— Hoje? — falei.
— Isso — disse Gillian. — Ele acordou hoje às cinco horas da manhã para esperar um cancelamento. Fale com ele.
Ela empurrou o telefone para mim como se fosse uma luva, mas não peguei. Minha mãe começou a falar alguma coisa, mas parou. As duas olharam para mim, minha mãe implorando, e Gillian desafiando. Então, Gillian fez uma coisa estranha. Ela disse:
— Por favor, James.
Falou de maneira suave, com uma voz que nunca a vi usar, e deixou o telefone muito gentilmente na mesa a minha frente. Voltou para seu lugar.
Uma voz fraca e longe chamou pelo telefone. Falava:
— Alô. Alô.
Houve um estranho momento de quietude na cozinha, no qual o tempo parece ter sido um pouco distorcido ou repetido. Então, a fraca voz chamou novamente. Dessa vez, parecia decepcionada, quase lastimosa, como se tivesse com medo de ser abandonada.

Não sabia o que fazer. O que poderia dizer se atendesse o telefone? Como poderia falar com Gillian e minha mãe sentadas ali, ouvindo tudo? Então, percebi que esse momento terrível se estenderia para sempre se eu não fizesse nada, e a única coisa que consegui pensar em fazer foi pegar o telefone, e a única coisa que consegui pensar em dizer foi "Alô".

17

Outubro de 2003

Tenho uma lembrança estranha da minha avó. Nunca contei a ninguém, nem mesmo a ela, porque é um pouco assustadora e não estou certo de que realmente aconteceu. É uma de minhas lembranças mais antigas. Eu devia ter uns quatro anos, talvez até menos. Eu estava na casa da minha avó, não sei por que ou por quanto tempo, mas estava com ela e éramos só nós dois. Era um dia ensolarado e quente do início do outono, e minha avó tinha ficado a manhã toda substituindo as telas da varanda por janelas de vidro. E é claro que depois ela limpou todos os vidros até que ficassem brilhando, e a varanda capturava e refletia a luz do sol como um cristal. Como era um lindo dia ensolarado, estávamos almoçando na varanda, sentados um na frente do outro, à mesa que ficava em frente às janelas. Não me lembro o que comíamos, mas me lembro de me sentar ali, à mesa, que era pintada de vermelho – e um feixe luminoso de sol entrava pelo vidro e caía na mesa, caía sobre mim. Lembro que minha avó disse:

– Por que você não sai do sol? Assim, não ficará com tanto calor.

E assim eu fiz. Tirei o banco do sol, o coloquei perto da parte da mesa que estava na sombra e continuei comendo meu almoço. Não sei quanto tempo se passou – não foi muito tempo porque eu ainda estava comendo o que quer que estivesse comendo –, mas, de repente, o painel da janela de vidro embaixo da qual eu estava caiu do trilho e se quebrou na mesa e no banco, bem no local onde eu estivera sentado. Era óbvio que teria caído em cima de mim, na minha cabeça, se eu ainda estivesse naquele lugar. Lembro que fizemos pouco caso disso. Rimos e dissemos que ainda bem que eu tinha saído do sol, minha avó varreu o vidro quebrado e terminamos de almoçar. Foi só depois, anos depois, quando me lembrei desse incidente, que me dei conta de que algo muito estranho aconteceu. Algum milagre. Não sei se o vidro que caíra podia ter me matado – provavelmente não –, mas percebi, nesse retrospecto, que minha avó me salvara, se não da morte, de sofrer um grave ferimento.

Sempre quis perguntar a minha avó sobre essa lembrança. Ela se lembrava? Aconteceu mesmo? Ela ficou nervosa ou, como eu, ainda criança, concluiu que o amor podia resultar naturalmente em clarividência? Mas nunca falei com ela sobre essa lembrança. Acho que fiquei com medo de que, se eu falasse sobre ela, se deixasse que a lembrança fosse enunciada, que ela desapareceria ou se corromperia, como acontece com alguns antigos objetos frágeis e preciosos que se tornam poeira quando desenterrados.

* * *

Eu fui para Brown, e talvez tenha sido o fato de ter saído de casa, de ter me mudado, que me fez finalmente decidir fazer essas perguntas a minha avó. Mas ela morreu no dia 13 de outubro de 2003, cerca de seis semanas depois de eu ter ido para a faculdade. Acontece que ela estava tendo uma série de pequenos derrames – o primeiro deve ter acontecido no dia em que fui visitá-la e a encontrei tirando, de forma nada característica, um cochilo –, só que não contou a ninguém, e finalmente teve um grande derrame. O carteiro a encontrou deitada no chão de ardósia do salão da frente. Parece que ela caíra das escadas. Portanto, nunca saberei se essa lembrança é real. Mas acho que deve ser sim, porque me lembro dela, e não acho que alguém se lembre de algo que não aconteceu.

Como minha avó não acreditava em enterros, velórios ou qualquer coisa do tipo, não havia motivo para eu voltar para casa. Queria ir para casa mesmo assim, mas meus pais falaram para não fazê-lo, que ela teria gostado que eu ficasse na faculdade, que tudo corresse como sempre. Acho que eles realmente pensaram que, se eu saísse de Brown para ir para casa, nunca mais voltaria, porque eu estava infeliz naquele primeiro semestre.

A casa da minha avó está à venda e, às vezes, quando estou conectado, entro no imoveis.com. Não procuro mais por casas na região centro-oeste. Procuro pela casa da minha avó: Wyncote Lane, 16, Hartsdale: antiga e encantadora casa estilo tudoriana, com todas as características originais, precisando de modernização e amor. Fiz a visita virtual. É como se você estivesse de pé no centro de cada cômodo e fosse virando devagarzinho, e pudesse ficar virando e virando quantas vezes quisesse, com o cômodo girando à sua volta sem parar. Os pisos e as paredes são como negativos fotográficos: quadrados de papel de parede não desbotados onde antes ficavam pendurados os quadros, pisos de madeira maciça ainda lustrosos e castanhos onde antes eram cobertos por tapetes. Os cômodos estão todos vazios, tudo se foi: tudo que sobrou dela foram estes restos fantasmagóricos.

Ela realmente deixou tudo da casa para mim. Meus pais queriam que eu vendesse tudo para um "liquidante de imóveis", alguém que vem e compra tudo e, em seguida, liquida tudo. É essa a palavra que eles usam: *liquidar*. Mas eu me recusei. Com parte do dinheiro que minha avó me deixou, estou pagando para guardar tudo em um armazém climatizado na cidade de Long Island. Fiz com que eles levassem tudo, até as revistas *National Geographic*, a louça de cerâmica do Castelo de Heidelberg, a vitrola e todos os discos dela, inclusive *As fontes de Roma*. Meus pais acharam que eu estava louco. "Seja sensato", eles falaram: "Por que pagar para guardar edições de uma revista em um armazém? Fique com as coisas que quiser, que possa usar, mas venda o resto. Livre-se das tralhas. Liquide-as."

Mas parecia sensato para mim. Tenho dezoito anos. Como saberei o que vou querer na minha vida? Como saberei de que coisas vou precisar?

Este livro foi composto em Minion Regular, corpo 10,5/14,7,
e impresso em papel off-set 75g,
em 2010 nas oficinas da JPA para a Editora Rocco.